COLLECTION FOLIO

Didier Daeninckx

En marge

Denoël

Didier Daeninckx est né en 1949 à Saint-Denis (Seine-Saint-Denis). De 1966 à 1975, il travaille comme imprimeur dans diverses entreprises, puis comme animateur culturel avant de devenir journaliste localier dans plusieurs publications municipales et départementales. En 1977, il profite d'une période de chômage pour écrire *Mort au premier tour*, qui ne sera publié que cinq ans plus tard. Depuis, Didier Daeninckx a écrit une vingtaine d'ouvrages – dont *Meurtres pour mémoire* ou *Zapping*.

En mémoire d'un homme en marge,
Fernand Daeninckx, mon père.

Yvonne, la Madone de la Plaine

Quatre-vingt-treize faisait ses premiers pas dans la froidure. Les fêtes avaient été éprouvantes : les deux gamins ne me voyaient qu'aux vacances et ils usaient chacune de mes minutes jusqu'à la corde. Leur mère était venue les récupérer le lundi matin, avant l'école. J'avais la crève et, après avoir longtemps hésité à faire une halte chez le toubib pour, comme disait mon père, *piquer un bifton,* j'avais repris le travail à reculons... Sans trop savoir comment, je m'étais retrouvé dans la petite salle où nous nous réunissions en début de mois pour le conseil de rédaction. Le chef de service avait distribué les friandises à ses potes, reportages téléphoniques, enquêtes sur dossiers, travail d'archives, le genre de boulot qui vous repose les pieds et vous isole le nez des virus embusqués... Avant de se tourner vers moi il avait attribué, comme faveur et marque de reconnaissance de son talent, l'interview du maire à Carole, une jeune blonde embauchée le mois précédent. Je ne sais pas où il était allé chercher son sourire d'accompagnement, mais le spectacle de ses dents tartrées m'avait soulevé le cœur aussi efficacement qu'une bûche au fin fond d'un réveillon. Dans les premiers temps, j'essayais d'anticiper, de deviner quelle vacherie allait m'échoir puis je m'étais résigné, j'attendais que ça tombe... Tout le monde se levait déjà pour arriver en bonne place devant la machine à café. Le rédacteur en chef s'apprêtait à partir et il avait fait semblant de découvrir ma présence.

– Ah, Claude, j'allais t'oublier !

J'ai marmonné « Ce serait trop beau », il a dit « Quoi ? », j'ai répondu « Rien ». Il a hoché la tête d'un air entendu : j'ai traduit « Tu ne perds rien pour attendre », puis il a plongé le nez dans ses notes.

– La météo prévoit que la vague de froid va s'accentuer et qu'elle risque de durer une bonne dizaine de jours. Ce serait bien que tu fasses un petit dossier de deux ou trois pages sur les méfaits du froid... Témoignages, conseils, enfin tu vois le topo...

J'ai à peine desserré les dents.

– Tu le veux pour quand ?

– Le 15, ce serait parfait...

J'ai tourné les talons. Carole attendait près de l'imprimante laser. Elle m'a tendu un gobelet rempli de café bouillant.

– Il est sucré... Ça n'a pas l'air d'aller ?

Je me suis pincé le nez.

– Grippe en janvier, marié dans l'année !

Je l'ai remerciée pour le café et le rédacteur en chef m'a rattrapé dans le couloir.

– Au fait, j'y pense, ça fait bien trois mois qu'on n'a rien écrit de consistant sur la Plaine. Baguenaude-toi dans le quartier, je suis certain que tu trouveras tout ce qu'il te faut...

Sur le moment, je n'ai pas réussi à savoir s'il cherchait simplement à m'éloigner de la petite ou s'il en voulait vraiment à ma santé !

En règle générale, je suis assez consciencieux et cette fois encore je n'ai pas dérogé à l'habitude. J'ai dépouillé les dix dernières années de presse locale concernant les frimas, je suis allé discuter avec les inspecteurs de l'hygiène, les assistantes sociales, les flics m'ont dressé une liste de tous les faits divers liés au chauffage, un conseiller municipal m'a expliqué *la politique menée en matière de logement...* Cela m'a permis de grappiller deux jours sous abri, mais il a bien fallu que je me résigne à affronter les rigueurs de l'hiver. Je me suis dit que j'allais commencer par la porte de la Chapelle et que je remonterais doucement vers le Cornillon en suivant la fin du parcours de Saint-Denis avec en point de mire les larges toitures oxydées de la basilique. Juste avant l'impasse Marteau je suis tombé sur un *essedéheffe.* Il poussait un caddie débordant de sacs plastique sur le trottoir de l'avenue Wilson. Les façades des anciens docks des alcools nous renvoyaient la rumeur assourdissante de la circulation.

J'ai appuyé sur le contacteur du dictaphone et je me suis approché en lui tendant une cigarette. Il s'appelait Marcel, faisait moitié plus que ses cinquante ans et avait entendu parler d'entrepôts abandonnés, sur les emprises S.N.C.F., du côté de la rue du Bailly.

– Tu es de Saint-Denis ?

– Non, d'habitude je vis à Paname, mais dès que ça descend sous le zéro, les bleus de la préfecture nous ramassent pour nous parquer à Nanterre. Je préfère encore mieux rester dans la rue... Comme ils n'ont pas le droit de venir en Seine-Saint-Denis, on se réfugie à Saint-Ouen ou à la Plaine...

Il m'a raconté plein de choses que je n'ai pas enregistrées : qu'en hiver il faut toujours marcher, même la nuit, et qu'on ne peut s'arrêter que lorsqu'il neige.

– Je vais te dire, mon pote, il n'y a rien de plus fantastique que de s'enrouler dans un plastique et de se laisser recouvrir par les flocons... Merci pour la clope...

Nous nous sommes quittés sous le pont Hainguerlot et je voulais pousser jusqu'à la mairie annexe quand un attroupement a attiré mon regard. Les gyrophares d'un Samu et d'un car de Police secours tournoyaient au coin de l'impasse Trézel. La lumière couleur d'ennui inondait les façades décrépies. Je traversai une foule de gamins africains, des Capverdiens, agglutinés contre les vitres d'une boutique. Une vieille femme était allongée sur une couverture dans l'ancienne boucherie transformée en cours des halles. Les toubibs abandonnaient un combat visiblement perdu d'avance lorsque je suis arrivé. J'ai montré ma carte de journaliste à un jeune flic dont la visière était surmontée d'une bande de tissu vert. Son visage avait à peu de chose près la même teinte. Apparemment il vivait son premier coup dur.

– Qu'est-ce qu'il s'est passé ?

Il a dégluti péniblement.

– Elle a traversé sans regarder, et le camion de chez Machouart l'a renversée...

J'ai sorti mon calepin pour noter les détails.

– Elle s'appelait comment ?

– Yvonne, je crois, c'est tout ce qu'on a réussi à savoir...

Je n'ai rien fait d'autre de la journée... Cinq cents mètres de marche, une discussion avec un clodo en exode, et tout de suite, le drame... Dans la soirée j'ai téléphoné au commissariat. Ils connaissaient un peu plus que le prénom de la femme de l'impasse Trézel : son surnom, la Madone de la Plaine... Je l'ai inscrit en capitales sur la page de garde de mon carnet, suivi d'un gros point d'interrogation. Le lendemain matin à dix heures je suis revenu dans le secteur. Le curé ouvrait les portes de l'église Saint-Fiacre. Il m'était arrivé de l'interviewer au sujet de la reconstruction de la flèche de la basilique, et il me fit un sourire en me voyant venir à sa rencontre.

– Qu'est-ce qui vous amène ?

Je ne pensai même pas à lui demander son avis sur les effets de la vague de froid. Je pointai le doigt vers l'impasse.

– Je me renseigne sur l'accident d'hier... On m'a dit qu'on l'appelait la Madone...

Ses bras se soulevèrent légèrement, comme par réflexe.

– Oui... J'ai prié pour elle... Une bien curieuse personne... Tout le monde ici lui doit quelque chose, un conseil, une aide, un secours, un sourire, et en échange nous ne disposons que d'un prénom, Yvonne. Personne ici ne sait qui elle est ni d'où elle vient...

Ma main se referma sur le boîtier du dictaphone au fond de ma poche, mais je n'osai pas le sortir, de peur d'interrompre les confidences de l'abbé Lepâtre.

– Comment ça ? On m'a dit qu'elle vivait sur la Plaine depuis plus de dix ans !

– C'est vrai, et le mystère n'en est que plus épais...

Une loco du Chemin de fer industriel traversait la place, en direction de la Montjoie. L'abbé m'a entraîné dans la cour, devant le presbytère, pour continuer de parler à l'abri du vent glacial.

– Albert, le patron du restaurant, se souvient l'avoir vue arriver sur la Plaine. C'était au tout début de juillet 1980, vers quatre heures du matin. Il était à la fenêtre, celle qui donne sur la petite statue de saint Fiacre, et il a entendu comme des appels au secours. Il est descendu. Les cris venaient de l'autoroute. Une voiture était arrêtée, portières grandes ouvertes, et deux femmes se disputaient. La plus jeune a sorti une valise du coffre, l'a déposée sur le macadam, puis elle a pris le volant en laissant la plus âgée sur le bas-côté...

– Yvonne...

– Oui, Yvonne. Albert lui a indiqué l'emplacement de l'escalier de fer et elle a grimpé jusqu'à lui. Elle était incapable de dire quoi que ce soit et semblait avoir tout oublié de sa vie antérieure. Elle était née là, sur la bande d'arrêt d'urgence, une valise à la main... Je l'ai hébergée une quinzaine de jours, ici, puis elle a formulé le souhait de voler de ses propres ailes...

Un jeune couple venu régler les derniers préparatifs de son mariage s'impatientait près de la grille. J'ai poliment accepté la proposition du curé de revenir, à l'occasion, et je me suis installé au *Bar du Saint-Just* devant un grog au cognac. La serveuse se souvenait bien d'Yvonne : à une époque elle avait même donné un coup de main à la plonge, le midi, en échange du couvert.

– Ça a duré deux ou trois mois... Ensuite elle a été embauchée avec les Portugaises, au nettoyage des wagons S.N.C.F... Le boulot est dur, mal payé, mais on ne fait pas la fine gueule quand on n'est pas capable de retenir son nom...

– Vous n'avez pas l'air de l'aimer beaucoup...

Elle a pris un torchon et s'est mise à essuyer les verres, machinalement, sans regarder ses mains.

– Je me méfie toujours des gens qui s'occupent des affaires des autres... Toute médaille, même celle d'une sainte, a son revers ! C'est moi qui vous le dis.

En sortant je suis tombé sur la factrice. Elle était bloquée devant une cinquantaine de boîtes clouées en tous sens dans un hall, et parvenait à peine à glisser un pli par minute.

– Vous êtes nouvelle sur la tournée ?

– Non, je la fais depuis deux ans, mais je n'y comprends toujours rien, les noms changent tous les jours...

Je lui ai proposé de l'aider. Elle disait le nom écrit sur l'enveloppe, à haute voix, et je trouvais la boîte. Grâce à notre association la productivité de la Poste a fait des bonds ! Je l'ai accompagnée jusqu'au chemin des Petits-Cailloux. Je me suis lancé quand elle allait partir.

– Vous avez entendu parler d'Yvonne ?

– Oui, comme tout le monde... Pourquoi ?

– Pour rien... Elle recevait du courrier ?

– A quel nom, et de qui ? Comment ça se fait que vous vous intéressez à elle ? Vous travaillez pour les assurances ?

– Non, je suis journaliste... j'ai envie de savoir qui elle était...

On a remonté la rue du Bailly en parlant. Les camions rouge sang d'un cirque anglais stationnaient devant les grilles des entrepôts de la Sernam. Une écuyère allongée sur un lit pliant lisait, emmitouflée dans un plaid, les mémoires de Chaplin tandis qu'un lama aspirait les rares brins d'herbe qui se faufilaient dans les craquelures du goudron. La factrice m'apprit qu'Yvonne avait gagné son surnom de Madone de la Plaine en rendant visite à tous les solitaires, les réprouvés du quartier. Elle passait la moitié de son temps près du lit des malades, consolait les veuves, s'occupait des enfants oubliés et se tenait toujours prête à donner un coup de main lors d'un déménagement ou de la préparation d'une fête. On a bifurqué sur le pont de Soissons. La factrice plongeait à droite, sur le bureau P.T.T. de la Montjoie. J'avais soudain envie d'être seul. Elle s'est retournée avant d'enjamber son vélo.

– Pour être juste, il faut dire que les gens d'ici ont commencé à lui en être vraiment reconnaissants quand les studios de télé se sont installés dans le secteur...

– Quel rapport avec Yvonne ?

– Dès le départ elle a fait ami-ami avec les vigiles de *TF1*... Le jeudi elle arrivait à planquer dix ou quinze mômes de la Plaine au milieu du public bon chic bon genre du « Club Dorothée »... Pareil pour « Sacrée soirée »... Elle disposait toujours d'une poignée d'invitations. Les heureux élus devaient se placer en fond de salle, pour ne pas être trop repérés par les caméras. Le lendemain, dans les cafés, on ne parlait que de la mère Machin qu'on avait vue, au loin, derrière Jean-Pierre Foucault... C'est surtout ça qui a fait sa réputation, les places dans les émissions.

Rue Paul-Lafargue deux vieilles Espagnoles remplissaient des seaux et des bassines à la fontaine, près du passage S.N.C.F. Elles avaient vaguement entendu parler d'Yvonne, mais la corvée d'eau semblait occuper l'essentiel de leur existence. La plus vieille, ridée comme seules savent l'être les Andalouses, s'est relevée, équilibrant les charges au bout de ses bras maigres.

– Vous savez à quoi je rêve toutes les nuits, monsieur ?

J'ai écarquillé les yeux.

– C'est pourtant simple, monsieur : mourir avec l'eau courante...

Je me suis octroyé une pause dans un petit restaurant qui faisait l'angle avec la rue du Landy. Un veau marengo noyé sous une meule de frites craquantes... Les conversations des habitués couvraient le raffut des R.E.R. au-dessus de nos têtes. On s'apercevait des passages de rames au léger tremblement du vin, dans les verres. Les murs étaient décorés d'agrandissements de cartes postales anciennes. Une immense avenue bordée de platanes, des cheminées d'usines, des trams, des chevaux, des groupes de badauds souriant au photographe. Le patron a remarqué mon intérêt. Il griffonnait la note, sur le coin de la nappe.

– Ça a drôlement changé, hein !

– C'est où ?

Il a tendu le bras vers la porte d'entrée.

– L'avenue du Président-Wilson... La dernière partie du parcours du martyr avant son arrivée au cœur de Saint-Denis... Avant l'autoroute c'était comme ça de la porte de la Chapelle à la porte de Paris. Allées, contre-allées... Plus large et plus longue que les Champs-Elysées... Des arbres par milliers... Les gens se rassemblaient tous les soirs et marchaient, comme en Espagne... Ils ont tout cassé avec leur autoroute. C'est une tranchée, mais c'est pire qu'un mur, chacun reste de son côté... Ils parlent de la recouvrir et de refaire des jardins, mais je me demande si ça effacera les mauvaises habitudes...

J'ai sorti un billet de cent de ma poche et je l'ai lissé du plat de la main. J'ai vidé mon fond de verre.

– Oui, et si elle avait été recouverte, il y a dix ans, Yvonne n'aurait pas pu remonter sur la Plaine...

Il s'est assis à califourchon sur la chaise d'en face.

– Vous connaissiez Yvonne ?

– Non, je l'ai simplement vue hier, après son accident...

J'ai menti, enfin j'ai arrangé la réalité à ma façon, pour faire durer le contact.

– J'écris un article sur elle, pour le journal départemental...

– Dans ce cas je vous conseille d'aller voir Boroslaw, il pourra vous en dire pas mal sur elle. Vous le trouverez au Cornillon, juste après les jardins ouvriers du Gaz... Dites-lui que vous venez de la part de Mouloud... Mouloud, c'est moi...

J'ai longé les terrains vagues sur lesquels s'élevait le meccano géant des gazomètres. Des arbres aux pointes attirées par la lumière crevaient les verrières des anciens ateliers, mais la végétation et les vestiges de l'industrie morte reculaient irrémédiablement devant les bulldozers, laissant la place à de nouvelles voies rapides, aux façades clinquantes des laboratoires de recherche. Le verre fumé des immeubles de bureaux diffractait le paysage et les nuages gris. Les arêtes de métal de la tour Pleyel, au loin, renvoyaient les rayons du soleil d'hiver. Les bouleversements de la géographie avaient repoussé Boroslaw au-delà de la frontière, sur Aubervilliers. Il avait installé son campement près du canal, à l'abri du majestueux pont de la A86. Un vieux camion Citroën en tôle ondulée sur les flancs duquel on lisait encore « Pharmacie centrale » et un numéro de téléphone, PLA 34 16, était garé près de l'ancien chemin de halage. Derrière, une fourgonnette deux-chevaux, capot ouvert, exhibait la misère de ses entrailles. Le toit du véhicule servait de plancher à une sorte de cabane bricolée à l'aide de bouts de bois, de plastique, de morceaux de toile cirée. Boroslaw s'affairait à l'arrière de la fourgonnette transformée pour moitié en cuisine et pour moitié en atelier de mécanique. J'ai attendu qu'il finisse de réchauffer sa boîte de ravioli pour signaler ma présence. L'énoncé du nom de Mouloud a dissipé toute trace de méfiance. J'ai même dû refuser une part de la conserve, offerte de bon cœur. Il s'est mis à me parler, ne s'interrompant que pour enfourner la cuillère dans sa bouche. Il était né en Pologne, au début des années 20, et son village était successivement passé sous contrôle soviétique, allemand, de nouveau soviétique et aujourd'hui biélorusse. Fait prisonnier par les nazis et libéré par les alliés, il avait préféré s'engager dans la Légion étrangère, en 1945, plutôt que de retourner chez le petit père des peuples. Depuis quelques années le mal du pays le travaillait en profondeur, et il passait le plus clair de son temps à mettre au point un prototype particulièrement économique de voiture-habitation-atelier afin de revoir son village natal, Czesternik, avant qu'il ne soit trop tard. Quand j'ai prononcé le surnom d'Yvonne, la Madone de la Plaine, il a sorti un litre neuf de Franvin et m'en a servi une tasse, d'autorité.

– C'était une bonne fille, pratiquement la meilleure de toutes celles que j'ai connues... Et comme on disait dans la Légion, sans se vanter, elles étaient légion ! Je l'ai rencontrée devant chez Cazeneuve, quand les ouvriers occupaient l'usine, avant que ça ferme... Elle faisait la quête aux feux rouges, pour les grévistes, et je vous jure qu'elle leur donnait tout. Rien pour sa pomme ! Elle a habité dans mon camion pendant presque un an, en tout bien tout honneur, notez bien, avant de s'installer dans son gourbi de l'impasse Trézel...

J'ai fait semblant de boire sa mixture, mais mes lèvres sont restées collées au bord de la tasse.

– Elle vous a parlé de son passé, d'où elle venait ?

– Non, jamais... Pour moi, c'est Yvonne, j'ai besoin de rien de plus... Les gens inventaient n'importe quoi, que c'était une ancienne putain en fuite, une faiseuse d'anges recherchée par la police, ou qu'on l'avait jetée sur l'autoroute pour une sombre affaire d'héritage... Qu'est-ce que ça change au bien qu'elle nous a fait, à tous, qu'elle soit une évadée de Pigalle ou une bonne sœur défroquée ?

A l'approche du 15, le thermomètre s'est mis à franchir des records, un printemps humide s'est installé sur la région, et la grippe m'est descendue sur les bronches. Je me suis bourré de tout ce qui dans ma pharmacie faisait référence à la sphère oto-rhino-pharyngée... Le monde, autour de moi, s'est progressivement rempli de coton. Je n'ai pas trouvé le courage d'écrire la série d'articles sur les conséquences de la vague de froid. D'ailleurs le rédacteur en chef n'en voulait plus : l'offensive du général Hiver était déjà oubliée, il lui fallait du neuf. Lors de la conférence de rédaction, j'ai proposé l'histoire d'Yvonne. Il m'a fusillé du regard.

– Et tu crois que ça intéresse nos lecteurs, les histoires de clodos ?

Je me suis levé, en silence, et je suis sorti prendre l'air. J'ai respiré profondément, pour retenir les larmes qui me piquaient les yeux. J'ai senti le poids d'une main, sur ma nuque. C'était Carole. On n'a pas eu besoin de parler. J'ai passé mon bras sur ses épaules et nous avons marché jusqu'au cimetière. Tout au bout de l'allée, la terre était fraîchement remuée. Une couronne toute simple portait ces quelques mots : « A Yvonne, la Madone de la Plaine. Ses amis reconnaissants. »

La tirelire

Il ne parvint pas à se retenir en passant les étals de fruits en revue. L'été, comme un feu d'artifice végétal. Sa main jaillit de la poche de son manteau et se referma sur une pomme aussi brillante qu'une boule de cuivre en période d'étrennes. Le commerçant ne s'aperçut de rien, occupé qu'il était à convaincre une cliente de l'exceptionnelle qualité de ses produits. L'homme accéléra le pas, se cognant aux ménagères indécises, se prenant les pieds dans les poussettes, les cabas à roulettes. Il piqua entre deux camions de forains et traversa la contre-allée au milieu des voitures, papillons urbains attirés par la pastille verte des feux de signalisation. Il ne se retourna pas une seule fois malgré les cris qu'il croyait entendre dans son sillage. L'odeur grasse des têtes de mouton grillées lui souleva le cœur. Il courut encore et reprit son souffle à l'entrée de la galerie du Commerce. Le bruit des machines à coudre couvrait la rumeur de la rue. Il s'adossa à la vitrine de la librairie islamique et approcha le fruit de ses lèvres. Ses incisives se plantèrent dans la chair craquante et il frissonna quand la sève acidulée se mit à couler sur sa langue. Il fit éclater les pépins sous ses dents pour retrouver le tenace et subtil goût d'amande. Quelques secondes plus tard il ne restait du larcin qu'une queue de pomme flottant sur l'eau claire du caniveau. Il grimpa l'escalier de la vieille galerie. Le soleil chauffait la verrière. Les portes des anciens commerces, aujourd'hui remplacés par des ateliers de confection, étaient ouvertes. C'était un va-et-vient de pièces de tissu portées sur l'épaule par de chétifs Pakistanais, de présentoirs mobiles chargés de chemises, de pantalons... Des annonces à l'orthographe incertaine parlaient de « surjeteuses », de « surfileuses », de « coupeurs-cuir »...

L'homme traversa la galerie et vint s'accouder à la rambarde. Le faubourg s'agitait à ses pieds. A gauche, vers le marché, des employés municipaux décoraient le podium sur lequel prendraient place, la nuit venue, les musiciens dont les mines réjouies étaient placardées sur chaque devanture : « Bruno Mancini et ses Musette-Boys »... En face, les filles de l'impasse ne restaient pas longtemps à l'air libre. Dès qu'un bout de chair émergeait du seuil, un homme quittait la terrasse du tabac pour se l'approprier. Vers sept heures le patron du *Baldy* alluma ses néons bleutés sans se faire d'illusions : sa boîte à tango ne risquait pas de faire le plein de gogos en ce soir de fête nationale. Il n'eut pas un regard pour l'homme en manteau qui descendait les marches et se dirigeait vers la rue.

La faim le tenaillait à nouveau. Il entra dans un

fast-food et parvint à récupérer un hamburger à peine entamé avant de se faire expulser par un vigile black et blasé. L'orchestre accordait ses instruments, réglait le volume de la boîte à rythmes et du synthétiseur. Le chanteur aboyait dans les micros. Il se planta une gitane blanche entre les lèvres et gratta une allumette. Le grésillement, amplifié par la caisse de réverbération, fit autant de bruit qu'une bûche trop sèche. Il souffla la première bouffée sur le métal grillagé, imitant le passage du mistral. Devant, les vendeurs de merguez bricolaient leurs barbecues. L'homme s'allongea derrière le podium et somnola, bercé par les mélodies sur lesquelles il se souvenait avoir dansé, des siècles plus tôt, dans sa vie d'avant la mouise. Il revit son sourire, revécut leurs étreintes dès les premiers accords de *Lucy in The Sky*... Tout son être s'arc-bouta contre le souvenir. Il fut debout en un éclair. Ses paumes se plaquèrent sur ses oreilles. Chaque note décuplait le supplice. Il se mit à dévaler le faubourg pour fuir les échos de la fête. Les battements de son sang l'enveloppèrent. Il se laissa tomber le long d'un mur. Son dos glissa lentement sur les tags multicolores et les affiches révolutionnaires turques du T.D.K.P. Ses bras touchèrent le sol et il s'abandonna. Les larmes, trop longtemps contenues, inondèrent ses joues. Plus rien n'existait que ce ruissellement tiède sur son visage.

– Dis, monsieur, pourquoi t'es triste ?

La voix se perdit dans son monde clos. Il ne la perçut que la seconde fois.

– Dis, monsieur, pourquoi t'es triste ?

Il ouvrit les yeux. La silhouette d'un gamin se dessinait dans un rectangle lumineux à hauteur du premier étage. L'homme se releva et s'essuya le visage.

– C'est rien, j'ai dû avoir un malaise... Je ne me sentais pas bien... Excuse-moi.

Il était sur le point de partir quand l'enfant chuchota en se penchant vers lui.

– T'es tout seul et tout le monde s'amuse, c'est ça, hein ? T'as rien... T'as faim...

Il hocha la tête.

– Peut-être que tu as raison... C'est quand tout le monde est heureux que ça fait le plus mal.

Le gamin lança un « Attends-moi » impératif et disparut quelques secondes. Il s'accroupit sur le balcon et tendit une petite boîte métallique à l'inconnu.

– Tiens, c'est tout ce que je peux te donner... Moi j'en ai pas besoin...

L'homme prit le cadeau et repartit vers les lumières du faubourg. Il se planta sous l'enseigne vert intermittent d'une pharmacie de garde et ouvrit la boîte à cigares métallique sur laquelle on avait collé la silhouette bleutée de la gitane de Ponty. Le bord, légèrement dentelé, lui entama le pouce. Il compta une cinquantaine de pièces de cinq francs, toutes datées de 1960, celles dont la tranche s'ornait de la devise de la République. Le sang macula le brillant de l'argent. Liberté, Egalité, Fraternité. Il se confectionna un pansement grossier à l'aide d'un morceau de papier puis acheta, pour deux semeuses, une boîte de bière à un type qui traversait la foule en portant son commerce ambulant, une glacière, à bout de bras. C'est en levant la tête pour faire couler les dernières gouttes de liquide qu'il la vit. Elle était appuyée au mur de l'hôtel, dans l'impasse, et ajustait sa jupe autour de sa taille. Il traversa la rue, comme un automate. Elle n'eut pas un regard pour lui, se tourna vers l'escalier et, d'un geste de la main, l'invita à la suivre. Il effaça de sa vie le lavabo, les draps froissés, la lumière grise, les râles derrière la cloison de plâtre. Rien ne comptait plus au monde que ce corps inconnu. Ils se rhabillèrent en silence. L'homme sortit la boîte de sa poche de manteau. La femme tressaillit à la vue de l'objet et se mit à hurler quand il l'ouvrit sur les pièces ensanglantées. Elle plongea la main dans son sac et ses doigts se refermèrent sur le cuter dont elle ne se séparait jamais. Son pouce fit jaillir la lame. Le rasoir fila sur le visage, entailla les joues, la gorge. Elle ne se calma qu'au moment où le corps de l'homme s'effondra sur le parquet. Elle descendit le faubourg, le poing serré sur l'arme poisseuse, et ouvrit la porte d'un immeuble en contrebas. Le gamin était immobile sur le lit, devant la télévision allumée. Elle se jeta sur lui, le secoua.

– Tu n'as rien ? Qu'est-ce qu'il t'a fait ?

Le gamin se réveilla, se frotta les yeux.

– Qui, maman ?

– Le monsieur qui t'a pris tes sous... Il t'a fait mal ? Dis...

– Non... Me dispute pas, maman... Je sais que

j'avais pas le droit... C'est moi qui lui ai donné ma tirelire...

Ses doigts se relâchèrent et le cuter tomba à terre.

– Mais pourquoi, pourquoi ?

– Tu peux pas savoir comme il avait l'air triste.

Marcel,
l'homme sur le banc

Il vient dans le petit square en début d'après-midi, et se réchauffe au soleil, assis bien droit sur le banc, entre les remparts formés par ses sacs. Avant, le matin, il avait l'habitude de s'installer à deux pas du Leclerc, blanchissant le dos de sa veste au placoplâtre provisoire d'un espace commercial en mal de locataire. L'ouverture du restaurant chinois a bouleversé ses plans. Il marche plus longtemps, voilà tout, et nous nous croisons plus souvent dans la trame des rues du quartier mairie. A force de nous accrocher du regard, on a fini par incliner la tête, pour un salut furtif, puis on s'est dit bonjour. Quand je reviens de Paris il m'arrive de descendre au métro Porte de la Villette, de rentrer par le chemin de halage. Après l'écluse des Vertus, c'est l'enfilade des entrepôts métallurgiques. On voit sa « maison » de loin : un tas de cartons empilés sous le pont de Stains, à deux pas de la centrale béton et de ses camions-toupies bleu ciel dont les reflets se diluent dans le gris du canal Saint-Denis. Les traces éparpillées d'un feu, quelques boîtes de conserve noircies... Il pliait des vêtements qu'il bourrait dans un pochon plastique orange vif sur lequel claquait le nom d'un hypermarché où il ne mettait jamais les pieds. Je me suis arrêté, et il m'a dit, immédiatement, qu'il s'appelait Marcel.

Il est arrivé à Paris en braillant à l'été 1940, quand tout le monde foutait le camp devant les Allemands. Sa mère tenait une loge rue Ordener, derrière la mairie du XVIIIe. Son père était chef égoutier à Saint-Denis. Cinq frères, une sœur... A neuf dans un deux-pièces, on fait les trois-huit pour se partager l'espace, et l'on passe plus de temps dans la rue que devant les cahiers de devoirs : ce n'est donc pas par hasard que Marcel entre à treize ans dans une verrerie-cristallerie de la porte de Paris, une vieille usine adossée au canal, coincée entre les cokeries et la zone des gazomètres du Landy. Il se souvient des cris des mariniers livrant de pleines cales de sable, du nuage de poussières en suspension dans l'atelier, des colorants, du feu d'enfer près des fours, des creusets, de la rareté de l'air, du bruit, du repos chichement compté, de la hargne des contremaîtres.

Au début j'étais coupeur. J'aidais les compagnons, quand la pièce était finie... Puis j'ai appris le métier. A quinze piges j'ai commencé à souffler le verre dans la canne. Les poumons ont du mal à s'y faire... Le bonhomme aussi. Même jeune, la fatigue vous scie les pattes. Et le matin, à la pointeuse, une minute de retard, c'était une demi-heure en moins sur la paye.

En 1955 les méthodes de production ont pris du

retard, de la bouteille... La verrerie éteint ses derniers feux. Marcel, quinze ans, inaugure le mot « licenciement ». Il devient « mousse » dans le bâtiment. Il apprend avec les yeux, et pour le reste sert de garçon de courses aux ouvriers, achetant le pain des casse-croûte, les boissons, faisant chauffer les gamelles, nettoyant les baraques de chantier. Il se lie d'amitié avec un plombier qui lui enseigne l'art du raccord et de la soudure au plomb.

C'est les plus belles années de ma vie... J'ai installé toute la tuyauterie de la cité Danielle-Casanova, près de l'hôpital de Saint-Denis, puis à Gagny... Les chantiers ne manquaient pas à l'époque... A dix-huit piges, la biffe m'a mis la main dessus...

Il choisit les paras. La biffe (l'armée) l'envoie six mois en instruction, à Pau. Marcel, médaille au treillis, embarque à Marseille. Il me parle des dix-huit mois passés dans le djebel algérien tout en vérifiant le contenu de son deuxième sac plastique. Une péniche hollandaise, haute sur l'eau, remonte vers le bassin de la Villette, une voiture garée derrière la cabine du marinier sous sa grue de transbordement.

On était des appelés, mais on bossait main dans la main avec la Légion, les bérets rouges... On faisait le sale boulot... Les interrogatoires, les descentes dans les villages... J'ai eu droit à une permission longue durée, pour rentrer me marier, en 61. Le môme est né pendant que je crapahutais... On s'est vus avec du retard : les officiers de mon unité ont plongé comme un seul homme dans le putsch des généraux. J'ai suivi le mouvement, sans bien comprendre ce qui se passait. Total on s'est tous retrouvés dans un camp disciplinaire à Bitche, en Moselle.

La reprise en main se prolonge quelques mois. Marcel fête la quille dans le nouvel appartement de ses parents, à la Mutuelle, et cherche rapidement de l'embauche. Un patron lui promet la sécurité de l'emploi : poser la plomberie d'une cité destinée aux pieds-noirs rapatriés d'Algérie. La camionnette bâchée le dépose au petit matin au milieu d'une immense plaine sillonnée par les engins de terrassement. Deux bâtiments commencent à sortir de terre, timidement, comme des champignons. Marcel a juste eu le temps de lire le nom du bled sur la plaque, en passant sur la nationale : Sarcelles.

Je suis resté cinq ans, en prenant des galons... Petit compagnon, compagnon, chef de chantier. J'organisais le boulot de toute une équipe. J'ai eu jusqu'à vingt gars sous mes ordres. A la fin j'en avais marre de Sarcelles. On avait l'impression qu'on en verrait jamais le bout. A la première occasion j'ai filé mon sac, et je me suis fait engrener sur le chantier d'une autre cité, à Garges-lès-Gonesse. Je bossais sur les toits, la couverture... J'ai pas mis longtemps à m'apercevoir que c'était pas mon truc.

Il a maintenant deux enfants et habite un ensemble semblable à ceux qu'il construit, la cité Pierre-Sémard, route d'Epinay, à Saint-Denis. Sa femme ne travaille pas. Marcel a profité de son long séjour à l'armée pour passer le permis poids-lourd. Un ami lui indique un emploi disponible de chauffeur-livreur, chez Rousseau, l'empereur du boulet ! Trois années durant, il détaille les productions des Houillères du Nord, bourrant les caves d'anthracite, portant les sacs dans les étages. En 1970, le mazout, le gaz et l'électricité portent un coup fatal au chauffage au charbon. La maison Rousseau se reconvertit dans le nougat et le chewing-gum !

On chargeait le camion à bloc, sur le quai de l'usine Kréma, à Montreuil... Quinze tonnes de bonbons, de caramels, de Pie-qui-Chante... J'en livrais la moitié à Lyon ou à Montélimar, l'autre à Marseille, près du port... Ensuite je me débrouillais pour trouver du fret. Le patron faisait la gueule si on remontait à vide... Je connais la nationale 7 par cœur, tous les virages, tous les restos. Rien qu'en fermant les yeux je peux tout réciter...

Le patron comptabilise les heures de conduite, mais pas le temps perdu lors des chargements, des déchargements, ni la recherche du fret... Marcel consacre quatre-vingts heures par semaine à son travail bien que la fiche de paie ne se souvienne que d'un peu plus de la moitié. Un jour, scène classique chez les routiers, il arrive en avance cité Pierre-Sémard et trouve sa femme avec une doublure.

Ça m'a fait mal, le divorce, surtout de ne plus revoir les deux gosses même si ça a été prononcé à ses torts... Les enfants avec la mère, c'est normal... Mais c'est pas ça qui m'a foutu par terre. J'ai tenu le choc... On m'a proposé un boulot de chauffeur-débardeur chez Guillaumet, une boîte de déménagements d'Aubervilliers... C'était là.

Il me montre du doigt les murs de l'entreprise défunte, de l'autre côté du boulevard Félix-Faure.

Je me souviens qu'un jour ancien tout ce que nous possédions était empilé dans les camions jaune, noir et rouge de Guillaumet, du jouet Dinky-Toy, une voiture de course Lotus bleue, qui s'est perdue dans le chambardement et que j'ai cherchée des mois entiers, mais je ne revois plus la tête des déménageurs. Je n'osais pas les regarder tellement ils me faisaient peur...

Marcel trace toutes les routes de France au volant de son antique Berliet jusqu'au jour où le patron lui confie un camion Mercedes flambant neuf.

C'était en hiver. On a chargé une bonne partie de la journée puis j'ai mis le cap sur Nancy. J'étais pas habitué à ce bahut... J'ai ripé dans un virage, sur une plaque de verglas. J'ai laissé le camion là où il était et j'ai marché jusqu'à un café, pour téléphoner. J'ai eu le patron, et je lui ai dit : « Ça y est, je suis arrivé. » Il était content : « Eh bien, tu es drôlement en avance... » Je lui ai tout balancé d'un coup : « Ah non... Parce que je ne suis pas là où il fallait... Je suis dans un pavillon !» Il a changé de ton au bout du fil : « Et le camion ? » J'ai pris mon courage à deux mains : « Il n'y a plus de camion, plus de meubles, plus rien... »

Marcel rentre par le train. Une enveloppe l'attend sur le comptoir. « Tiens, c'est ton compte. » Il n'a pas le cœur à reprendre le volant et, en 1973, alterne le métier de « corvoyeur-plombier », en fait dépanneur, et celui de couvreur. Il fait équipe avec un ouvrier zingueur sur les toits d'une école de l'avenue de Saint-Ouen à Paris quand son compagnon glisse sur une plaque de zinc et s'écrase vingt mètres plus bas.

Il est mort sur le coup. J'ai dit DANGER, *j'arrête ! Un peu plus tard j'ai rencontré une femme, une Italienne qui tenait* La Guinguette *avenue de Stalingrad, à Saint-Denis. Je donnais un coup de main au bar et au restaurant... Les affaires n'étaient pas florissantes et je me suis fait embaucher chez Jumelle, à Pierrefitte, dans la terre... Je prenais le camion à cinq heures et demie, le matin, et je transbahutais la terre des chantiers jusqu'aux décharges. On était payés au tour... Il fallait rouler comme un dingue, au klaxon, en pleine ville. Je faisais une moyenne de quatorze heures par jour en bouffant un casse-croûte le midi, dans la cabine...*

Quelques années plus tard, *La Guinguette* doit fermer ses volets. Marcel et sa compagne emménagent dans une loge de concierge de la rue du Temple. L'ancienne restauratrice arrondit les fins de mois avec un petit boulot de démonstratrice sur les trottoirs du Bazar de l'Hôtel de Ville. Le matin, avant d'aller charrier la terre d'Ile-de-France, Marcel sort les poubelles de l'immeuble. En 1986 il tombe sur ce qu'il croit être une aubaine : un remplacement d'un an comme livreur des cantines scolaires de la Ville de Paris.

J'étais bien, ça n'avait rien à voir avec les cadences de chez Jumelle. Le midi je mangeais à l'œil et on se débrouillait pour le soir. Malheureusement, le titulaire est revenu en 1987. J'ai rendu le camion, et c'est là que ça a commencé, le bordel... J'ai cogné à toutes les portes pendant quatre mois, des centaines de boîtes et rien, pas de boulot...

L'Italienne se lasse. Un soir il trouve ses valises sur le pas de la porte.

J'avais de quoi tenir une petite semaine à l'hôtel. Ça va à une vitesse incroyable, on n'a pas le temps de comprendre... Je me suis retrouvé à la rue, sans fric, sans boulot. Je suis allé voir ma mère, à Saint-Denis, mais elle ne pouvait rien faire pour moi, c'est déjà pas facile pour elle... Je lui ai laissé mes affaires et je suis parti dans la nature. J'ai « flâné » sur les boulevards, les quais de la Seine, à droite, à gauche. Ça va bientôt faire trois ans, et depuis je tourne, je tourne sans arrêt...

Marcel apprend la rue et ses règles, les secteurs « réservés », les adresses du dernier recours, la manière de se protéger du froid. Il fait la connaissance des « bleus », ces policiers de la préfecture de Paris chargés de ramasser les « sans-abri » et de les regrouper à l'hospice de Nanterre. Il s'aperçoit vite que la solitude est une condition de survie.

Je préfère vivre seul dans mon coin... J'ai essayé, avec d'autres. J'en connais, ils m'invitent, ils me disent on a trouvé une maison abandonnée, tu auras ta pièce... A chaque fois c'est la bagarre. L'alcool, une femme qui veut pas...

Marcel refuse d'aller à l'Armée du Salut, dans tous les lieux provisoires qui ouvrent leurs portes aux premiers froids. Peut-être pour ne pas perdre l'espoir.

Un coup, je me suis pété la cheville. Je me suis fait ramasser volontairement par les bleus parce que si on va direct à l'hôpital de Nanterre, on se fait jeter... On m'a mis dans une salle avec des gens bien, des

« civils » comme on les appelle entre nous... Ils ne savaient pas que j'étais clochard. Ils avaient des visites, la famille leur apportait plein de trucs. Moi j'avais rien. Un midi j'en pouvais plus, j'ai ramassé un mégot dans le cendrier, en cachette. Un vieux qui venait de se faire opérer m'a vu : « Laisse ton mégot »... Il a ouvert son placard : « Sers-toi. » C'est rare, mais des fois on tombe bien...

Marcel sort quelques semaines plus tard... A la caisse on lui tend une facture d'un montant de 15 000 francs.

Où vous voulez que j'aille les chercher ? Je n'ai même pas un ticket d'autobus pour repartir sur Paris ! Elle a classé le papier en inscrivant « Sans Domicile Fixe ». Je lui ai demandé un ticket. Elle m'a regardé droit dans les yeux : « Vous avez du culot ! Je viens de vous faire cadeau d'un million et demi, et vous essayez de me taper d'un ticket de métro !»

Il repart à pied et mettra toute une nuit, de sept heures du soir à six heures du matin, pour relier Nanterre à la porte de la Chapelle. Il décide de « s'installer » à Aubervilliers pour éviter les rondes de plus en plus fréquentes des bleus, lesquels ne peuvent ratisser la banlieue. Personne ne lui dispute son territoire, sous le pont de Stains. Pour vivre il fait les poubelles, nettoie les tennis face au canal, pour la pièce. Avant l'installation du restaurant chinois il s'asseyait pas trop loin de Leclerc, sur le passage des clients.

Je ne tends pas la main ni la casquette. Les gens font ce qu'ils veulent. De temps en temps une petite pièce tombe... Une petite pièce jaune, mais ça fait plaisir. Il y en a un ou deux qui touchent le R.M.I... J'ai jamais fait les papiers, je ne sais pas si j'y ai droit... D'autres se débrouillent comme ils peuvent... Quand on est dans la mouise on voit la société en face, on voit tout ce qu'il y a de plus dégueulasse... Un type, un chauffeur de taxi, était prêt à m'entretenir dans sa maison de campagne si je lui servais de gigolo... Porte de la Chapelle il y a des vieux qui viennent sucer les clodos en allongeant un billet de cinquante francs... Il faut être en bas, tout en bas pour s'en rendre compte, savoir que ça existe...

Marcel a cinquante ans. Il a cotisé pendant plus de trente ans à la Sécurité sociale, de 1953 à 1986.

J'espère tenir le coup jusqu'à la retraite, y arriver doucement... Faudra que quelqu'un m'aide à faire les papiers parce que je n'y connais rien du tout... J'ai pas d'adresse alors tout arrive chez l'assistante sociale.

La probabilité de décès entre 35 et 60 ans est de 9 % pour les cadres supérieurs, 11 % pour les techniciens, 13 % pour les employés, 17 % pour les ouvriers. Elle atteint 25 % chez les manœuvres.

Il n'existe pas de statistiques concernant les chômeurs longue durée, les ouvriers déchus, les déclassés, les S.D.F. (sans domicile fixe), sigle pratique pour masquer le désespoir de tous ces hommes sur le banc, sur la touche. On sait seulement qu'il est rare qu'un clochard survive à cinq ou six hivers dans la rue.

Kinsankimpur, air connu

Le blason de la famille ornait depuis huit siècles la façade du manoir : deux faisans en turlupinade contre-cloisonnés de lions gerbant sur fond d'azur mitonné à empanachage estourbi. La devise des Haymeries de Saint-Eustache s'inscrivait en vaguelette sur oriflamme flottante :

« Sang pur et sans reproches. »

Le comte Deunoyes Haymeries de Saint-Eustache, vingt-huitième du nom, planta sa canne dans l'herbe du jardin, cambra les reins et admira la bâtisse que dorait le soleil de septembre. Il aspira l'air tiède, longuement, se replaça prestement l'entrejambe puis se dirigea résolument vers l'aile droite de la demeure familiale qui abritait la bibliothèque et les archives de ses ancêtres. Il s'installa devant son écritoire de chêne et, en moins d'une heure, régla les dossiers municipaux en attente, parapha les demandes de permis de construire, les autorisations d'aide sociale aux nationaux. La famille n'avait été écartée de la gestion de la commune d'Haymeries qu'une dizaine d'années en tout, au plus fort des différentes tourmentes révolutionnaires, mais même lors de cette décennie éparpillée sur deux siècles, un Haymeries tirait quelques ficelles bien dissimulées... La populace en avait décapité un, en 1792, un autre s'était malencontreusement trouvé en villégiature à Paris, en avril 1871 : les communards ne lui avaient pas fait de cadeau... Le dernier en date à avoir subi les assauts de la vermine était son propre père, Aymar Haymeries de Saint-Eustache, compagnon du Maréchal, abattu en avril 1944, au cours d'une partie de chasse, par des maquisards qui l'avaient pris pour un soldat allemand alors qu'il rappelait à l'ordre son chien Siegfried.

Le comte Deunoyes Haymeries de Saint-Eustache signa sa lettre de démission du Front national puis débarrassa son plan de travail afin de dérouler le parchemin sur lequel, depuis quinze années, il reportait les résultats de ses recherches sur la généalogie familiale. Des centaines de croix précédaient les centaines de noms inscrits dans les cases-cercueils disséminées sur les branches, dans le feuillage. Une seule case restait libre, tout en haut, celle de la femme qui avait donné naissance à la dynastie en se mariant avec le croisé Godefroy Haymeries de Saint-Eustache, au retour de la Grande Croisade de 1270. Le comte Deunoyes Haymeries de Saint-Eustache trempa sa plume d'oie dans l'encrier et approcha en tremblant la pointe noircie du rectangle vierge. Les lettres gothiques s'enchaînèrent pour former le nom de

Yasmina Lââbi-Chamnar'el Anaza.

Il avait découvert le secret par hasard, la veille, en déchiffrant les notes portées dans la marge d'un Coran antique que tout le monde, depuis des siècles, considérait comme un vulgaire souvenir de campagne. A la nuit tombée, il appuya une échelle sur la façade du manoir et effaça la devise des Haymeries à la ponceuse Black et Decker. Le lendemain le comte Deunoyes fit son marché en djellaba, saluant ses concitoyens en se touchant la poitrine, à hauteur du cœur, et en murmurant deux syllabes qui ressemblaient à « l'abbesse ». Il fut battu aux élections municipales suivantes, la liste du Front islamique du salut qu'il conduisait ne recueillant que trois voix, la sienne et celles d'un couple de commerçants marocains, une grosse majorité se portant sur le nouveau candidat de son ancien parti, un entrepreneur d'origine italienne qui n'avait qu'un slogan pour programme :

« Les bougnoules dehors,
Haymeries aux Haymeriens. »

Balai rose

Albin Ballestra est un gaillard d'un mètre soixante-dix-huit et de près de quatre-vingts kilos au front nettement dégarni. Il a tout juste 22 ans, le 13 mai 1982, quand il s'introduit, une rose à la main, dans le Parc des Princes livré aux installateurs et aux groupes de sécurité. A la nuit tombée, il se cache dans le dédale des couloirs et s'endort sur la pelouse en regardant les étoiles dans le ciel découpé par l'ovale du stade. Le lendemain, les Verts de Saint-Etienne doivent affronter Paris-Saint-Germain en finale de la Coupe de France. Au petit matin, il s'approche d'un groupe d'ouvriers occupés à monter un échafaudage, se rend utile en passant les clés, les colliers, les boulons. En moins d'une heure il est adopté et personne ne fait plus attention à lui. En fin d'après-midi, alors que les supporters envahissent les travées, il se faufile dans les vestiaires avec sa rose légèrement défraîchie. Il ne bouge pas. Une heure, deux heures... Soudain, par la porte entrouverte il aperçoit Platini entouré des Stéphanois. Il les suit. Les joueurs vont saluer le Président qui assiste traditionnellement à la finale. Albin franchit en force le cordon de gendarmes et de gorilles et pose la main sur l'épaule de François Mitterrand. Le Président, surpris, se retourne. Albin lui offre la rose et prononce : « Monsieur, je veux travailler à la télé... » Les membres du service de protection rapprochée le jettent à terre, le palpent à la recherche d'une arme et l'évacuent hors du périmètre de sécurité. Le Président sourit au capitaine des Verts, mais cet incident, qui survient en pleine vague d'attentats terroristes, a gâché sa soirée.

La scène a été retransmise en direct sur les écrans. L'immense majorité des téléspectateurs et des commentateurs n'a pas vraiment compris ce qu'il s'était passé. Une bousculade, tout au plus... Dans son H.L.M. de la cité de la Voie-Verte à Vitry, le père d'Albin, lui, a reconnu son fils. Il se lève, catastrophé, et dit à sa femme qui s'active dans la cuisine : « Ça y est, Albin a fait la connerie de sa vie ! »

Les Ballestra, pieds-noirs originaires d'Alger, habitent là depuis 1976 et leur fils Albin fréquente *Le Trinquet,* le café du coin. Lait-fraise, menthe à l'eau, jamais d'alcool. Il parle sans arrêt de ses idoles, les animateurs de télévision, et voue une admiration sans bornes à Michel Drucker qui présente alors l'émission vedette du service public, « Champs-Elysées ». On rit du pauvre Albin quand il jure ses grands dieux qu'un jour prochain on le verra serrer la main du « gendre idéal ». Le hasard, capricieux par définition, prendra les traits de

Jacques Dutronc. Le comédien tourne *Pierrot mon ami* dans les rues de Vitry. Albin s'incruste dans l'équipe et on finit par céder à sa demande : on l'auditionne comme figurant. L'essai est concluant et Albin incarne une silhouette. Il achète régulièrement *Le Film français,* se tient au courant de l'actualité cinématographique, traîne dans les studios et décroche sept autres figurations dont un rôle parlant dans le feuilleton télé *Docteur Martine Verdier.* L'équipe du mensuel *Hara-Kiri* lui offre même de « jouer » dans plusieurs de leurs romans-photos. On rit un peu moins au *Trinquet.* Le « Schpountz » fait une carrière ! Le père d'Albin est plus circonspect. Il veut bien que son fils s'amuse mais lui rappelle que rien ne remplace un véritable emploi. Albin prospecte et trouve une place de « technicien de surface » à la Ville de Paris. Habillé de vert il prend son service peu après midi et balaie une partie du XIIIe arrondissement jusqu'à 20 h 07. Chaque matin il écrit des dizaines de lettres aux productions, aux studios, aux chaînes de télé, et signe de son nom d'acteur : « David Nell, disponible 24 h sur 24 » ! Il est prêt à accepter n'importe quel travail, accessoiriste, aide de plateau et même « technicien de surface » dans un studio... Il lui faut à tout prix entrer dans l'usine à rêves pour grimper lentement les échelons du succès jusqu'au sommet : présentateur d'une émission de variétés. Les réponses sont toutes négatives. Albin décide alors de forcer le succès. Il parvient à obtenir les adresses personnelles de ses idoles et se présente à leur porte, une rose à la main. Léon

Zitrone craque à la troisième visite et jette l'importun. Michel Drucker, amusé, fait prendre la rose par un domestique. Albin comprend vite les limites de cette méthode et met au point la technique des directs : il fréquente assidûment les librairies qui exposent toute la presse nationale et note tout ce qui concerne les potins du monde de la télé, le nom des invités aux émissions tournées en direct. Il sympathise avec les machinistes, les techniciens, et n'a aucun mal à entrer dans les coulisses de la machine, ou même à s'asseoir parmi le public. Chaque fois il cache une rose sous le revers de sa veste et la brandit à un moment donné en pénétrant dans le champ des caméras. Ainsi lors d'un « Grand Echiquier » il fonce droit sur le commandant Cousteau, lui donne la fleur et le prend dans ses bras sous le regard ahuri de Jacques Chancel. Les invités applaudissent à tout rompre, croyant à un gag. Quelques mois plus tard il surgit sur le plateau d'« Avis de recherche » juste avant que Maxime Le Forestier se mette à chanter. Albin a fait les choses en grand : il lui tend un bouquet ! Patrick Sabatier retient les videurs, se place près d'Albin, lui lève le bras en signe de victoire et le fait ovationner. Il étudie ses interventions scientifiquement, cherchant l'impact maximal, et Zitrone en fera une nouvelle fois les frais lors du départ du Grand Prix d'Amérique. Il restera sans voix quand il verra Albin, une rose au poing, courir quelques dizaines de mètres sur la piste sacrée, devant des millions de téléspectateurs. Les personnels des équipes de tournage, techniciens, animateurs, vigiles, sont aux aguets. Les notes de service alertent les faiseurs de direct. Le PAF est en danger ! On traque Albin Ballestra, on l'expulse dix, vingt fois de *TF1*, d'*A2*, mais il réussit à inscrire « Interglace », « Intervilles » et « Nulle part ailleurs » à son palmarès. Sur *FR3* Caroline Tresca le neutralise en lui faisant la bise pour le remercier de lui avoir offert une rose. Toutes ces actions lui demandent une énergie considérable. Il s'absente plus souvent qu'à son tour du XIIIe arrondissement, et, heureusement, « ses » rues bénéficient du coup de balai solidaire des autres cantonniers de l'équipe. Quatre ans après le début de ses « directs », Albin est bien obligé de se rendre à l'évidence : il travaille toujours pour la Mairie de Paris et personne ne lui a proposé le moindre job à la télé. En désespoir de cause il s'adresse aux grands de ce monde. Jean-Paul II se dit très touché de la détresse d'Albin mais précise « que le Vatican ne peut, hélas, pas intervenir dans les affaires audiovisuelles françaises »... Il inonde l'Elysée de courrier malgré les réprimandes de son père : « Le Président en a 55 millions sur le dos, laisse-le tranquille avec tes histoires... » Un soir de mars 1982, Albin s'enferme dans une cabine téléphonique et compose le numéro de la police. Il donne son nom, son adresse et menace : « Si le Président ne me donne pas un boulot à la télé, je ne réponds plus de rien ! » Le lendemain une fausse équipe de *TF1* (en fait des inspecteurs en civil) le conduit au Quai des Orfèvres. Ils se rendent vite compte qu'ils ont affaire à un original et le libèrent en lui conseillant de se calmer. Albin, lui, se sent coupable d'avoir offensé le Président, et c'est pour cette raison que, deux mois plus tard, il s'introduit, au nez et à la barbe de tous les services de protection rapprochée, dans le Parc des Princes. Il veut lui donner une rose et lui présenter ses excuses !

Cette finale placée sous la protection de deux saints (Saint-Etienne et Saint-Germain) ne lui portera pas chance. Albin est dans un premier temps interrogé par les chefs de la brigade antiterroriste puis transféré à l'infirmerie spéciale de la préfecture de police. Un expert l'envoie ensuite à l'hôpital psychiatrique de Villejuif. Il reste sept mois au secret puis trois ans en service ordinaire, traité aux neuroleptiques. Fin 1985 sa famille, ses amis, les « techniciens de surface » du XIIIe obtiennent sa « libération » à mi-temps. Albin reprend son travail et va chaque soir ingurgiter sa dose de médicaments à l'hôpital. Il fait quelques incursions dans les studios, rencontre Roger Hanin et s'excuse auprès de lui de l'injure faite à son beau-frère. Le futur Navarro lui tape sur l'épaule : « Je t'absous, mon fils. » Albin est réinterné en 1989 à la suite d'un simple coup de cafard et s'évade le 25 septembre 1989. Ses amis le conduisent chez un expert psychiatrique qui conclut qu'Albin est un « être calme, doux, bienveillant, qui a le seul tort d'être naïf » et « que l'internement n'est pas la solution appropriée ». Munis de ce document ils parviennent, au terme d'une longue procédure judiciaire, à faire lever toutes les menaces qui pèsent sur Albin. Celui-ci peut fouler le sol parisien en parfaite quiétude au printemps 1990. En octobre,

Jean-Pierre Foucault l'invite tout à fait officiellement dans son émission « Sacrée soirée » et projette, en différé, quelques interventions d'Albin dans les émissions concurrentes. Aujourd'hui l'Homme à la Rose arpente la rue des Cordelières, habillé de vert, un balai en branches synthétiques à la main. Il disparaît de la circulation un jour ou deux et vient rattraper le travail perdu le dimanche... Il ne peut s'empêcher de venir sentir l'odeur des plateaux de la S.F.P., de *TF1,* de *CANAL* +, mais on le repère à cent mètres. Un machino le conduit vers la sortie : « Allez, Albin, sois gentil, on te connaît. »

La grande époque des directs est terminée. Pour Albin elle aura duré beaucoup plus que ne durent les roses.

Lettre morte

Le 18 juillet 1989, un homme pénétra dans le bureau de poste de Mosles, un village perdu au fond du Calvados, et fit chuter la maigre population de 393 à 391 habitants. Il brandissait un fusil de chasse à double canon et tua net les deux vénérables postières que l'administration maintenait en place jusqu'à leur retraite, avant de fermer ce bureau déserté. Il s'assit dans la cabine téléphonique et attendit les gendarmes, son fusil sur les genoux, observé par tout ce que Mosles comptait d'hommes et de femmes valides. Il déclara s'appeler Bernard Fessin et être venu spécialement de Banville, dans le Pas-de-Calais, pour tuer ces deux femmes qu'il ne connaissait pas.

Les marchands forains démontaient leurs étals. Des vieilles triaient les fruits et les légumes trop mûrs jetés dans les cageots abandonnés tandis que les deux tucs embauchés par la commune se préparaient à effacer les traces du marché hebdomadaire de Banville. Debout au premier étage de sa maison construite en retrait de la halle, Bernard Fessin les observait qui discutaient, appuyés sur le manche de leur balai synthétique, dans leur uniforme bardé de bandes phosphorescentes. Il ne pouvait s'empêcher de les trouver ridicules même s'il essayait de se convaincre qu'ils n'avaient pas le choix. Il tira le rideau et s'installa devant sa table de travail, son bloc de correspondance disposé légèrement de biais. Il prit une liasse d'enveloppes bleues dissimulée au fond d'un tiroir et déplia la lettre qui se trouvait au-dessus de la pile, bridée par la faveur. Il la plaqua contre son visage et respira longuement le souvenir du parfum. C'était la trentième qu'il recevait de Colette et à chaque message le ton devenait plus chaleureux, plus intime. Il lisait depuis longtemps les annonces-rencontres de *Toutes-Boîtes,* le gratuit de son département, en cachette, du vivant de sa femme, mais il avait mis des années pour se décider à répondre aux correspondantes mystérieuses qui tissaient leurs filets au moyen de quelques mots. « Jne fme blde, 38 a., yx verts, 1,70, div. ss enf. renc. H 50 max pour sort. et + si aff. »

Il lui avait fallu plusieurs mois pour apprendre à déchiffrer les abréviations, comprendre que *bonne santé* signifiait immanquablement obésité, qu'*élancée* se traduisait par squelettique, déjouer les pièges des entreprises de vente par correspondance de matériel pornographique, repérer les professionnelles infiltrées dans le réseau et monnayant leur venue dans n'importe quel coin de France, sous quarante-huit heures et au tarif de luxe... Puis il était tombé sur le message de Colette : « Etoile éteinte, cœur pur, attend navigateur solitaire prêt à brûler tous ses vaisseaux. » Elle habitait une ferme de Mosles, dans le Calvados, et n'avait pas hésité, après le premier courrier de Bernard envoyé en poste restante, à lui avouer qu'elle était mariée à un rustre qu'elle n'aimait pas, et que ce pauvre message confié aux lecteurs inconnus de *Toutes-Boîtes* était une sorte de bouteille jetée à la mer. Il ne s'était pas trop découvert, encore meurtri par les expériences précédentes.

J'ai pris goût à l'écriture. Ecrire... Ce que l'on apprend à la maternelle mais, à notre triste époque minitelisée, qui se soucie encore d'écrire... Pourtant, qu'y a-t-il de plus merveilleux que ce tremblement qui vous prend en ouvrant la lettre d'un être cher et en découvrant, ligne après ligne, les pensées qui sont siennes ?

Il n'osait pas dire sa solitude, cet enfermement volontaire accepté comme une punition depuis quinze années que sa fille, Josiane, s'était tuée à l'entrée de Banville, en venant leur rendre visite dans ce qui était alors leur maison de vacances. Elle était enterrée à deux pas, près de l'église, et cela faisait dix-huit mois que sa mère l'avait rejointe. Il n'avait pas réussi, peut-être même n'avait-il pas essayé, à lier quelques amitiés avec les gens du bourg. Personne ne prêtait plus attention à lui. Il faisait partie du paysage, comme la halle, comme le clocher, comme les vieilles en noir, à la fin du marché. Avant les lettres, chaque heure de chaque journée lui laissait une souffrance que ses courtes nuits envahies de remords ne parvenaient pas à calmer. Ensuite, toute sa vie s'était concentrée dans ces quelques minutes qui précédaient l'arrivée du facteur. A neuf heures quinze, à l'entrée de la rue, le chien du P.M.U. se mettait à gueuler et, trois à quatre minutes plus tard, la sacoche et le guidon raclaient la barrière. Le dimanche, les jours fériés, le chien n'aboyait pas, et la vie d'avant reprenait du service.

Colette s'était déclarée sensible à la retenue de Bernard et lui posait des dizaines de questions sur ses goûts, ses distractions, ses joies, ses peines... Le feutre courait tout seul sur le papier. Bernard lui décrivait des passions qu'il ne s'était jamais avouées à lui-même...

J'aime les longues promenades dans la nature, dans la forêt surtout. Collectionner les roches, les minéraux, les coquillages. J'aime les animaux et les livres. Et aussi les voyages : Venise, Florence, Istanbul. Je me perds souvent dans mes pensées, dans mes rêves, j'essaye d'aller au-delà du miroir, de repousser les habitudes, pour que chaque jour se révèle un peu de soleil.

Un mois plus tard il se surprenait à composer des poèmes et les déclamait, debout dans sa chambre, devant son armoire.

Je voudrais briser le Fil du Temps
Et fouler un rivage où passé, futur et présent
Se mêlent étrangement,

Où les sabliers seraient vides
Et les horloges silencieuses.

Elle le remercia, du fond du cœur, et joignit la photo qu'il réclamait depuis le premier jour. Il ne fermait plus jamais les yeux sans penser à elle, mais, bizarrement, aucun visage ne s'était formé dans son esprit. Elle était LA femme et son apparence importait peu. Il s'agissait en fait d'une photo de groupe qu'on avait découpée, et Colette se tenait debout, en robe rouge, sur fond de feuillage. Elle avait une quarantaine d'années, de longs cheveux blonds qui battaient ses épaules, et le sourire qu'elle lui adressait creusait deux profondes fossettes sur ses joues. Un léger voile de tristesse ternissait le bleu de ses yeux. D'amoureux, il devint fou.

Colette adorée,

Toute ta douceur et toute ta sensibilité me parviennent sur ce papier parfumé pareillement que ton corps. Au pays de tes lettres mon regard vacille et mon cœur chavire. Je ne pense pas à toi, je te rêve en poèmes :

Il y eut ton image de soleil et d'eau,
Il y eut sur tes lèvres le souffle chaud
D'un amour infini
Imprégnant mon corps de nuit,
Toute la Sérénité du monde
Pour faire de moi le reflet de ton onde.

Les lettres des mots « corps », « lèvres », « peau », « jambes », « seins », apparurent et se multiplièrent. Colette semblait plus pudique, parlant de caresses, de baisers, sans préciser où ils se posaient. Il lui fixa un rendez-vous près de chez elle, à Caen, un jour de marché, devant la gare, et fit les trois cents kilomètres qui le séparaient du Calvados. Elle ne vint pas et, sans explications, cessa de répondre aux deux, trois missives enflammées qu'il composait chaque jour. La visite du facteur devint une torture. Il la crut morte et se décida à téléphoner à la poste de Mosles où il faisait parvenir son courrier. Une femme lui répondit.

– Bonjour... Voilà... Je suis un peu gêné mais j'écris régulièrement chez vous, en poste restante, et depuis trois semaines je ne reçois plus de réponses...

La voix était autoritaire.

– C'est à quel nom vos lettres ?

Il toussa pour se donner une contenance.

– Colette Tilly... Elle m'a toujours répondu...

Il perçut un bruit de papier froissé, de paquets déplacés.

– En effet, nous avons une soixantaine de lettres qui n'ont pas été retirées... Vous désirez qu'on vous les renvoie ?

– Non... Surtout pas... Elle peut arriver d'une heure à l'autre... Vous la connaissez sûrement... Elle venait presque tous les jours...

L'employée lui coupa la parole.

– Ecoutez, monsieur : si les gens se font envoyer leur courrier en poste restante, c'est pour être tranquilles. Je ne peux rien vous dire, je suis tenue par le secret professionnel. Vous me donnez votre adresse et je vous retourne vos lettres ou bien vous les laissez ici et elles seront détruites dans les délais réglementaires. A vous de choisir.

Il raccrocha, découragé.

La vieille employée des postes qui se tenait au fond du bureau se hissa sur la pointe des pieds pour parler en direction de la bonne oreille de sa collègue.

– C'était qui cette fois ?

La matrone à la voix d'adjudant se rejeta contre son dossier.

– Le poète de Banville, tu sais, Bernard Fessin...

L'autre se mit à réciter avec emphase :

– *Je voudrais briser le Fil du Temps...* Justement, il en a mis du temps à réagir celui-là... D'habitude ils téléphonent la première semaine, et basta, ils passent à autre chose... Moi, je commençais à le trouver lassant avec ses envolées lyriques de plus en plus pornos... J'aimerais bien inverser les rôles...

– Qu'est-ce que tu veux dire ?

Son sourire lui fripa le visage.

– Envoyer une annonce à *Toutes-Boîtes* en nous faisant passer pour un homme... Ça ne te tenterait pas ?

Les deux postières dépourvues de travail n'eurent pas le temps de mettre en pratique ce nouvel épisode d'un jeu qui depuis bientôt dix ans peuplait leurs mornes journées. Le 18 juillet 1989, Bernard Fessin avait pris le train jusqu'à Caen, puis le car l'avait déposé sur la place de Mosles. Il était persuadé que le mari de Colette avait fait main basse sur les lettres. Il l'imaginait blessée, retenue dans une pièce sombre... Comment, sinon, expliquer son silence ? Il était allé droit chez les gendarmes et leur avait débité son histoire. Ils avaient recherché dans leurs fiches. Le capitaine interrogeait l'ordinateur, vérifiait les noms de famille, le nom de jeune fille des femmes mariées.

– Le nom, vous êtes sûr de l'orthographe ?

– Oui, Tilly. T.I.L.L.Y. Elle est blonde, les yeux bleus...

Le jeune gendarme qui compulsait les listings d'état civil s'approcha du gradé.

– Il n'y a jamais eu de Tilly dans le coin... C'est le nom d'un bled, sur la route de Bayeux... J'ai l'impression que les deux vieilles de la poste recommencent leur cinéma...

Il parlait en baissant la voix, mais pas trop : le visiteur était assis sur le banc, le dos plaqué au mur, les yeux clos, et il semblait dormir en attendant le résultat de leurs recherches.

Bernard Fessin était simplement reparti dans ses rêves. Il voyait la ferme et la fenêtre murée derrière laquelle Colette espérait encore. Les paroles du gendarme saccagèrent ces images et toutes celles qu'il avait patiemment construites au cours de ces mois d'amour fou. Il serra les poings et trouva assez d'énergie pour sursauter quand le gradé lui posa la main sur l'épaule.

– Vous devriez rentrer chez vous... Je crois qu'on vous a fait une mauvaise blague...

Il se leva et marcha jusqu'à l'arrêt de l'autocar, comme un automate. Il en descendit dix kilomètres plus loin, à Bayeux, pour acheter un fusil de chasse, et il reprit le car en sens inverse, décidé à venger Colette.

Le saut de la vie

Goran Teslic était peut-être l'un de ces mômes qui escaladaient les fortifications de Kotor quand je me rendis pour la première fois dans cette ville, au cours de l'été 1977. La photo d'Elvis Presley faisait alors la une de tous les journaux yougoslaves. J'avais essayé de déchiffrer les gros titres, en vain, et je n'avais admis la réalité de la mort du King que le lendemain, dans *Le Monde* de l'hôtel.

Goran avait tout juste quinze ans quand un tremblement de terre précipita la moitié de Kotor dans le lac salé qu'un détroit sillonné dix fois par jour par un bac déglingué unissait à l'Adriatique. D'après mes renseignements on l'avait évacué avec sa famille sur Dubrovnik. Et c'est là, dans les vieilles rues de la citadelle, qu'il avait fait la connaissance de Berak qui n'entraînait pas encore l'équipe nationale d'athlétisme.

Berak avait tout de suite décelé les qualités qui allaient faire de Teslic l'un des champions les plus titrés de tous les temps. Il l'avait mis à l'épreuve dans toutes les disciplines : longueur, hauteur, sprint, fond, lancer, relais, jusqu'à ce jour de l'hiver 1982 où le gamin agile des fortifications disparues de Kotor avait pris une perche entre ses mains et qu'il s'était donné le premier frisson en franchissant la barre des trois mètres...

En moins de trois mois la passion avait submergé la peur. Goran suivait à la lettre le programme défini par Berak : dans la matinée échauffement aux haltères, course avec gilet plombé, trampoline, sauts dans l'après-midi. Teslic effaça la barre des cinq mètres un an jour pour jour après sa découverte de la perche. Il participa à plusieurs compétitions internationales pour s'habituer à la pression, et n'obtint qu'une place d'honneur en vingt rencontres : cinquième des championnats méditerranéens de Tripoli, en août 1985. Les mois suivants furent décisifs. Goran avait pris l'habitude de passer quelques barres le soir avant d'aller se coucher. Il se sentait plus à l'aise seul dans le gymnase, il pouvait prendre son temps, crier à pleins poumons en s'élançant sur la piste... Berak venait quelquefois assister à ces entraînements sauvages, depuis un recoin des tribunes. Il le vit enrouler son corps au-dessus du bois maintenu à cinq mètres cinquante, en décembre 1985. En février de l'année suivante, aucun des sauts nocturnes de Goran Teslic n'était inférieur à cinq mètres quatre-vingts, dix centimètres en deçà du record du monde ! Berak avait fini par sortir de sa cachette. Il s'était arrangé pour obtenir un congé de six mois pendant lequel il s'était entièrement consacré à Goran. Au printemps, l'enfant de Kotor battait chaque jour, clandestinement, le record mondial. Au début de l'été, il possédait une marge de vingt centimètres qui le mettait à l'abri de toute surprise. Berak parvint à l'imposer au sélectionneur pour les championnats d'athlétisme de Rome. Goran offrit sa seule médaille d'or à la Yougoslavie en pulvérisant le record de Bubka au premier essai, et en devenant le premier homme capable de franchir la barre des cinq mètres quatre-vingt-dix. La nouvelle fit l'effet d'une bombe. Le nom de Goran Teslic devint célèbre du jour au lendemain, et tous les organisateurs de meetings s'arrachèrent la nouvelle vedette des sautoirs. Berak prit les choses en main. Ses talents d'entraîneur n'étaient rien en regard de ses dons d'imprésario. Il fit le tri parmi les demandes et n'en accepta que trois par an, les plus prestigieuses. Il garantissait par contrat que son poulain battrait le record du monde d'un centimètre, au moins, en échange d'une bourse de dix mille dollars. Goran Teslic se produisit à Londres, Saint-Denis, Chicago, Tokyo. A chacune de ses prestations le plafond du saut humain grimpait d'une unité et le compte numéroté de la Berak Inc. s'arrondissait de dix mille figures. Une guerre intense opposa les villes d'accueil des compétitions à l'approche de la barre mythique des six mètres, et ce fut Paris qui, au printemps 1990, décrocha la timbale en échange d'un bonus exceptionnel de cent mille dollars.

Goran Teslic et Berak habitaient depuis longtemps en Californie et l'imprésario gérait les affaires de la société depuis la rive en marbre de sa piscine de Beverly Hills. Goran se forçait de plus en plus à s'entraîner et les exhibitions lui pesaient sur les épaules. Deux centimètres par an : le prix du paradis... C'est là, entre deux réceptions, qu'il apprit que la mère de Goran Teslic venait d'être grièvement blessée par un éclat d'obus tiré par la marine fédérale sur la citadelle de Dubrovnik. Goran partit le soir même pour la ville assiégée. Il arriva juste à temps pour recueillir les derniers mots que prononça la vieille femme allongée sur un brancard dans la cave de l'hôpital civil : « Je veux reposer dans le cimetière de Kotor, près de mes parents. » Il exauça ce vœu sacré, et c'est en revenant vers Dubrovnik qu'il fut fait prisonnier par un détachement serbe. Les miliciens se fichaient du saut à la perche comme de leur premier kalachnikov. Ils bouclèrent le champion dans un camp de montagne rempli de paysans affamés. Les gardiens remarquèrent la carrure de Goran et ils l'affectèrent au renforcement de la clôture, à la consolidation des miradors. Il eut ainsi le loisir de constater qu'un courant de dix mille volts courait dans les fils surmontant les barbelés, à trois mètres cinquante au-dessus du sol. Un soir il profita de la confiance que lui accordaient les soldats pour s'approcher du grillage et creuser furtivement un petit trou de quinze centimètres de profondeur dont il renforça les parois avec des pierres plates ramassées au hasard de ses promenades dans le camp. Après la distribution de la soupe, il vint rôder près de l'atelier. Il tira petit à petit une longue barre de fer, souple et résistante, fit passer son maillot de corps par-dessus sa tête et enroula le tissu autour du métal, à l'une de ses extrémités. Il attendit l'heure de la relève des gardes, ces quelques secondes de flottement dans la surveillance, pour saisir la perche et s'élancer sur la terre durcie. La pointe de la barre de métal se ficha dans le trou, se bloqua contre les pierres. Goran tira sur ses bras et son corps s'arracha de la terre noire. L'acier s'arrondit sous le poids puis reprit sa forme initiale, propulsant Goran vers le ciel obscur. Le champion donna un violent coup de reins et lâcha la perche improvisée. Son ventre frôla les barbelés et une pointe acérée chargée de dix mille volts d'électricité vint s'accrocher dans le tissu du pantalon, modifiant la trajectoire de Goran Teslic. Sa tentative échoua dans une gerbe de feu.

Cette fois-là il n'y avait rien à gagner.

Que la vie.

Tricards !

Le Petit Robinson était situé sur une butte boisée, juste à la sortie de la halte S.N.C.F. de Villeparisis. Il suffisait de franchir les voies, de marcher quelques mètres : à droite du kiosque à journaux, deux escaliers convergents dont les rampes dessinaient un triangle isocèle parfait permettaient d'accéder à l'épicerie-buvette. Les fenêtres de la salle principale ouvraient sur les eaux limpides du canal de l'Ourcq, et malgré le temps maussade qui menaçait de tourner à la pluie, de nombreux pêcheurs se tenaient immobiles le long des berges. Dans le café une grosse radio diffusait un hommage du *Poste parisien* à Fréhel, disparue un an plus tôt. Les conversations baissèrent d'intensité quand la chanteuse entonna l'un de ses principaux succès, *J'ai l'cafard.*

J'ai l'cafard, j'ai l'cafard...
Je le sens qui me perce comme avec un poignard
La cervelle de part en part
Je m'débats dans l'brouillard

J'ai beau faire, je suis prise et bien prise au traquenard
Du cauch'mar
J'ai l'cafard !

Plus de la moitié des clients agglutinés au bar ou assis quatre par quatre autour des tables était constituée d'interdits de séjour, ces fameux tricards qui s'étaient vu condamner, après la prison, à ne plus mettre un pied dans le département de la Seine ni en Seine-et-Oise, ce cercle concentrique censé protéger le cœur de la France et la ville capitale de leurs appétits. Une loco vapeur manœuvra tout au long du deuxième couplet, obligeant le patron à se hisser sur la pointe des pieds pour tourner la molette du poste juché sur l'étagère, entre les bouteilles d'apéritif. Une voix forte au phrasé traînant monta de la table du fond où quatre hommes disputaient une partie de belote.

– Hé, tu n'as rien d'autre à nous proposer? C'est des trucs à se flinguer...

Personne ne protesta quand le taulier se retourna pour baisser le volume. Ceux qui n'étaient pas d'accord prirent bien garde de ne pas le manifester. Les plus courageux piquèrent du nez vers leurs chaussures et, l'air de rien, crachèrent dans la sciure. Ici personne n'était de taille à s'opposer à Gustave Hairvos, un type vindicatif d'une trentaine d'années, plus connu dans les quartiers Maubert et Mouffetard sous le surnom de « Tatane, la Terreur du Panthéon ». Il passait trois ans de « villégiature » dans les meublés de Seine-et-Marne après en avoir tiré cinq d'affilée à Fresnes : sa femme, Solange, n'avait pas apprécié d'être précipitée du deuxième étage de leur garni de la rue de la Montagne, à l'issue d'une dispute bien arrosée. Au moment de son arrestation, Tatane avait été tellement passé à tabac par les flics qu'il avait perdu un œil dans l'affaire. Le temps semblait avoir effacé la rancœur de Solange puisqu'elle prenait le train des Parisiens une fois par mois pour visiter celui qu'elle avait traîné devant les tribunaux. On chuchotait qu'elle avait repris le fonds de commerce de son homme et qu'elle se débrouillait à merveille pour récolter le blé de trottoir de deux michetonneuses de la Contrescarpe.

Tatane alluma une gitane blanche et mélangea le rouge au noir d'une main experte. Il jeta un œil au *Parisien libéré* posé à proximité, sur une chaise, tout en continuant d'agiter les cartons.

ACTUALITÉS I

Le général Matthew Bunker Ridgway qui est arrivé à Paris pour prendre la succession d'Eisenhower à la tête des forces « atlantiques » en Europe est un homme de 57 ans, à l'imposante carrure, mesurant 1,80 m et pesant 90 kg. Il a le teint hâlé, les cheveux et les yeux bruns. Matthew B. Ridgway n'aime pas la bureaucratie. Il est toujours là où l'on se bat. Il se lève tôt et fait dix minutes de culture physique avant de prendre une douche froide. Il est alors en forme pour toute la journée.

Ridgway a aimé trois femmes. D'avec les deux premières il a divorcé pour incompatibilité d'humeur. Après la guerre, à Washington, il fut attiré par le dynamisme et la gaieté d'une sténodactylo. Penny était brune et très jolie, ce qui ne gâtait rien. Il l'épousa. Ce fut un beau mariage où toutes les étoiles (de guerre) de l'Amérique s'étaient donné rendez-vous. Un enfant est vite arrivé, Matt Junior, qu'ils ont emmené au Japon où le général était nommé. On lui a donné une nurse japonaise que « Mattie » ne veut plus quitter. Ridgway a capitulé pour la première fois : il a accepté d'emmener la nurse, Mlle Watanabé, à Paris. Le soir les époux vivent comme deux amoureux, blottis dans de confortables fauteuils à bascule, devant la cheminée. Penny lit du Valéry. Ridgway délaisse Edgar Allan Poe pour Kipling, son auteur favori. Mais pour l'instant, Matthew Bunker Ridgway se perfectionne très sérieusement au bridge car il sait que son chef d'état-major au SHAPE, le général Gruenther, l'as de la «planification », est aussi l'un des meilleurs joueurs du monde à ce jeu.

Et Ridgway n'aime pas perdre. Même aux cartes !

Ce fut René Vignard, un ancien gardien de but de l'équipe de France d'une efficacité telle qu'on l'avait baptisé « le Coffre-fort » (Coffiot pour les intimes), qui le sortit de sa rêverie.

– Eh, Tatane, qu'est-ce que tu fous avec les brêmes? Tu vas toutes nous les user. A ce régime-là on va voir au travers...

Tatane posa le jeu sur la table, entre les verres

remplis de vin rouge et la chopine. Il souleva sa main droite en forme de mâchoire de grue pour couper. Coffiot reconstitua le jeu. Vignard avait débuté à Toulouse juste après la guerre. Il ne lui fallut que deux saisons pour devenir l'égal de Julien Da Rui qu'il remplaça devant les filets de la formation tricolore. Ses sauts mémorables lors d'une rencontre Racing de Paris-Dublin lui avaient valu le sobriquet de « Flying frenchman », mais une vilaine fracture du tibia contre Sochaux, en match qualificatif de la Coupe de France 1949, l'avait obligé à mettre prématurément fin à sa carrière. Le dieu du stade ne se refit pas à la condition de simple mortel, et le public l'avait retrouvé en vedette, dans un box de cour d'assises, accusé de complicité d'attaque à main armée. Les deux années de prison dont il avait écopé se doublaient du même temps d'interdiction de séjour qu'il purgeait dans une chambre de l'*Hôtel de Venise,* non loin de la frontière interdite des deux départements. Il soupesa les cartes et les taqua contre sa paume. L'annonce déclamée par le speaker du *Poste parisien* suspendit son geste.

ACTUALITÉS II

Le récepteur de télévision est une chose encore nouvelle pour la grande majorité des Français que déjà, pour la première fois, des téléspectateurs vont avoir la possibilité de participer à une émission de télévision ! Cette faveur, pour l'instant réservée aux femmes, sert de point de départ à la nouvelle production de Jacques Morlaine avec la collaboration de Jean-Charles Tacchella : « Lettres de femmes », réalisation technique de Vicky Yvernel.

Mesdames, vous pouvez dès aujourd'hui écrire à la Télévision française, bureau 65, au 15 de la rue Cognacq-Jay, en posant la question de votre choix. Les femmes sélectionnées seront convoquées par retour du courrier.

Coffiot balança les cartes, servant en premier le joueur qui se trouvait assis à sa droite. L'homme, habillé avec goût, venait d'arriver à Villeparisis après un stage à la Santé, et avait établi son quartier général au *Merle blanc,* une guinguette de l'avenue Charles-Gide déguisée en auberge normande. Il fallait mériter l'adresse, et le simple fait d'être accepté au *Merle blanc* vous donnait le prestige d'un caïd. La photo du faux baron René Van de Voos avait fait les unes du monde entier, et si on lui servait de révérencieux « Monsieur René », on ne se privait pas, dans les conversations, de reprendre le titre de gentleman cambrioleur que lui avait décerné la presse à sensation. Van de Voos n'avait pas hésité à s'attaquer à la femme d'un banquier portoricain en vacances dans sa propriété de Maisons-Laffitte. L'affaire n'aurait pas fait grand bruit malgré l'importance du vol (85 millions en bijoux), si la milliardaire qui se cachait derrière Mme Benitez-Rexach n'était la môme Moineau, prénommée Lucienne, ex-chanteuse des rues et rivale d'Edith Piaf ! Les bijoux n'avaient jamais été retrouvés et personne ne pouvait s'empêcher de saliver en rêvant au pactole qu'empocherait Van de Voos à l'issue de sa relégation. Il attendit la fin de la donne pour ramasser ses cartes qu'il déplia lentement en éventail, d'une pression glissée du pouce sur l'index. Ce qu'il découvrit le fit grimacer. Quatre cœur, autant de carreau. La Main rouge. Il balança en ouverture l'as de carreau en annonçant « Atout cœur ». Trois types habillés de bleus de travail venaient d'entrer dans le café et ils se dirigeaient vers le comptoir tandis qu'un quatrième vêtu d'une cotte de velours punaisait une affiche sur le tableau des résultats sportifs, derrière le poêle à charbon.

ACTUALITÉS III

TOUS À LA RÉPUBLIQUE
MERCREDI 28 MAI 1952
18 H 30
POUR LA PAIX
CONTRE RIDGWAY
LE TUEUR MICROBIEN
« Nous avons accompli notre
devoir contre l'occupant allemand,
nous le ferons de même contre
l'occupant américain ! »
Auguste Lecœur,
membre du Bureau politique
du Parti communiste français.

Le quatrième joueur se défaussa d'un huit. Il laissa sa main sur la table et pianota sur le bois, du bout de l'ongle. Trois coups brefs. Tatane qui faisait équipe avec Van de Voos vida son verre et le reposa d'un geste nerveux.

– Faut pas te gêner, Gaby... Maintenant tout le monde sait que tu as trois atouts dans les pognes ! Le rouge est mis... On va demander aux gars de l'afficher sur la vitrine du père Marcel si ça peut te rendre service.

Gaby haussa les épaules et se défendit mollement.

– C'est pas ça que ça veut dire... Quand on pointe comme ça, c'est que ça pique... J'ai une tierce à l'as... Je te la ferai voir en temps et en heure.

Gaby était un ancien conseiller technique de la Banque Haubert. Des années durant, grâce à sa connaissance du maquis des lois, décrets, arrêtés, circulaires et règlements, il avait légalement assisté les possesseurs des fortunes champignons de Pigalle et des Halles. Jusqu'au jour où, contraint de rembourser une dette de jeu, il s'était mis à traficoter sur les changes. Une parfaite maîtrise des réseaux téléphoniques et une bonne carte des fuseaux horaires lui avaient permis d'amasser de fructueux bénéfices en vendant, par le biais de sociétés fictives, des florins au Caire, des francs suisses à Johannesburg, des livres égyptiennes à Francfort, des escudos à Rotterdam, du dollar à Madrid et des pesetas à Rio de Janeiro ! La justice l'avait éloigné des facilités bancaires pour dix ans,

Villeparisis ne possédant qu'une minuscule agence de la Banque régionale d'escompte et de dépôts, et il se calmait les nerfs en trichant aux cartes.

L'as lancé par Van de Voos ne fut pas attaqué par Coffiot, le footballeur, qui se vit contraint de larguer son roi de carreau. Le gentleman relança la même couleur pour faire tomber des atouts. Gaby cherchait un moyen de communiquer discrètement avec son partenaire quand l'un des quatre ouvriers qui s'étaient partagé la salle s'approcha de leur table.

– Je peux vous parler un moment, les gars?

Tatane remarqua immédiatement la poussière blanche accumulée sous ses ongles.

– Si c'est pour nous demander d'embaucher aux plâtrières Lambert, tu dégages. Sinon tu peux t'asseoir et boire un coup à la chopine...

Le type tira une chaise et s'installa à califourchon.

– Je n'ai jamais forcé personne à bosser, c'est pas dans ma nature. Par contre si tu connais une combine pour se passer de la pointeuse et des contrecoups, je suis preneur...

L'ouvrier comprit qu'il avait lâché une connerie quand les quatre tricards, sans s'être concertés, piquèrent du nez sur les trois carreaux coupés par Coffiot à l'aide de son huit de cœur.

– Je ne voulais pas dire ce que vous avez compris... J'ai toujours eu ça sur le dos et je finirai sûrement avec... Le taf, ça ne me dérange pas, c'est ce qui va avec que je ne supporte pas. Voilà.

Gaby le fixa droit dans les yeux.

– Tu n'es pas venu me casser un coup à trois branches uniquement pour nous exposer ta philosophie du travail, j'imagine? C'est pas un sujet qui nous passionne, si bizarre que ça puisse paraître.

Coffiot décoda l'appel. Il attaqua sans remords avec son roi de trèfle, assuré d'être couvert par la grosse artillerie de son partenaire.

L'ouvrier carrier leva le bras vers l'affiche.

– Vous avez lu ce qui est écrit là-dessus? Le général Ridgway *(il prononçait ridevouai, comme tout le monde),* c'est celui qui a donné l'ordre de semer la mort dans les berceaux, qui n'a pas hésité à utiliser les bombes bourrées de microbes de la peste et du choléra contre les civils de Corée. Maintenant voilà qu'il arrive en France pour continuer son sale boulot...

Tatane se renversa en arrière pour saisir l'exemplaire *du Parisien libéré.*

– Et toi, tu as regardé ce qu'ils disent de ton « tueur microbien » dans le parigot? D'après eux c'est un type à la coule, qui passe son temps à se marier, à divorcer et à bouquiner entre les deux... Il a tellement de haine pour les Chinetoques qu'il fait élever sa gamine par une nurse aux yeux bridés !

L'ouvrier détourna les yeux du journal comme si le simple fait de regarder *Le Parisien* pouvait corrompre son raisonnement.

– Je n'ai pas besoin de le lire pour savoir ce qu'ils racontent. Je préfère qu'on me traite d'agent de Moscou plutôt que de perdre mon temps à avaler la propagande de journalistes à la solde des fascistes américains.

Van de Voos, qui savait la partie gagnée d'avance, malgré les magouilles de Gaby, montrait des signes d'impatience.

– Bon, on se la finit ou on se tape sur la gueule pour un Amerloque dont personne ici n'est fichu de prononcer le nom convenablement? Faut choisir.

Comme prévu Gaby balança son as de trèfle sur la table et ramassa la main. Il relança la même couleur aussitôt barrée par Tatane. Coffiot se délesta d'une petite carte. Il toisa le carrier.

– Qu'est-ce que ça vous apporte d'aller promener vos drapeaux et de gueuler un bon coup sur les boulevards? Vous emmerdez les prolos qui rentrent du boulot et qui aimeraient lire leur journal tranquille... Allez faire du barouf à Passy ou à Neuilly, là, je vous suis...

Le type passa ses doigts sur la visière de sa casquette et s'humecta les lèvres, du bout de la langue.

– Demain, moi je serai place de la République. Mon pater s'y est battu en février 1934, contre les factieux. Il s'est pris une balle dans la jambe. On habitait pas loin, au bord du canal Saint-Martin souterrain... Il y a huit ans, en août 1944, j'ai fait le coup de feu contre les Boches retranchés dans la caserne du Prince-Eugène... On l'a fait capituler, la race supérieure. Place de la République, j'y tiens, même si maintenant je crèche ici, en banlieue. Je m'en fous de Passy, je leur laisse. Boulevard Voltaire, le Temple, les Filles du Calvaire, là c'est chez moi !

Tatane lui tapa sur l'épaule et, mélancolique, lui offrit une gitane.

– Bien parlé, mon gars. On reconnaît tout de suite ceux qui aiment Paname. Moi, je crèche pas loin de la Répu, sur la montagne Sainte-Geneviève et là, en ce moment, je suis autant ici que dans le quartier Maubert. Ce qui me manque le plus, c'est le marché de la Mouffe...

L'ex-gardien de but prit une cigarette, à son tour, et il tassa le tabac sur le bois de la table.

– Nous dis pas que c'est toi qui fais les courses à la maison... Ce n'est pas des poireaux qu'elles proposent, tes vendeuses, mais la botte !

Il attendit que les rires se soient calmés pour s'adresser de nouveau à l'ouvrier que ses trois camarades regardaient d'un air désapprobateur depuis le bar du *Petit Robinson.*

– Pour te dire la vérité, ton Amerloque bourré d'étoiles, je m'en fous comme de mes premiers crampons... Et si tu étais vraiment sincère tu me dirais la même chose. Les manifs, c'est comme le sport, ça sert à se défouler, à gueuler un bon coup pour ne pas se sentir humilié. Quand tu déboules sur le terrain avec ton équipe serrée autour de toi, la force des autres coule dans tes veines. Tu te sens indestructible... Tu peux encaisser deux, trois buts, prendre un carton... Dans le fond, c'est pas grave, l'impression que tu as ressentie au début, c'est ça qui te reste... T'es pas d'accord ?

– Je ne dis pas qu'il n'y a pas du vrai dans ce que tu dis... Mais Ridgway c'est quand même une belle ordure...

Van de Voos avait définitivement abandonné la partie et il avait retourné ses cartes, la filante à l'atout ventre en l'air, quand son partenaire, Tatane, avait relancé la discussion.

– Ce que je n'ai jamais compris dans vos manifs à vous les cocos, c'est que vous avez à chaque fois l'occasion de faire courir les flics et que la plupart du temps c'est vous qui leur montrez l'arrière du pantalon.

L'ouvrier carrier se leva pour partir, pressé par ses compagnons. Avant de s'éloigner il se baissa au-dessus des verres pour une confidence.

– Cette fois-ci, on ira avec de gros manches et de toutes petites pancartes ! N'importe comment les policiers ne lisent pas les inscriptions, ils regardent la taille du bois... On nous a demandé de mettre des chaussures de sport et de rembourrer les bérets et les casquettes avec du papier journal... Les flics ne seront pas à la fête. Pour un œil, les deux yeux...

Tatane claironna.

– Et pour une dent, toute la gueule !

Le carrier posa un papillon sur la table.

– C'est la liste des points de rencontre et les horaires...

Puis il les salua le poing levé.

ACTUALITÉS IV

André Stil, rédacteur en chef de L'Humanité, *prix Staline, incarcéré à la prison de la Santé pour ses courageuses prises de position, nous a fait parvenir, depuis sa cellule, le message suivant :*

Il est évident pour des millions de Français,

communistes ou non, que l'occupation de la France par l'armée américaine que vient diriger le général Ridgway, a pour but la préparation accélérée d'une agression contre l'Union soviétique, le pays du socialisme, exemple pour tous les peuples, notre grande alliée dont les efforts incomparables ont joué le rôle essentiel dans la libération de notre pays de l'occupant hitlérien.

La Seine-et-Marne contre Ridgway la peste, départ collectif de la gare de Villeparisis, mercredi 28 mai 1952 par le train de 16 h 34. Cars Citroën, service spécial pour le métro Jaurès, rendez-vous à l'arrêt des Deux-Départements à 17 heures et 17 h 30.

Le Gentleman et Gaby attendirent que les militants soient partis et que les conversations aient repris leur niveau sonore habituel pour mettre en garde leur partenaire respectif. Van de Voos fit une boule du tract tandis que l'ancien conseiller argumentait.

– Vous n'allez pas plonger dans leurs conneries ! En Russie depuis qu'ils se sont installés, il n'y a plus de riches ni de banques... S'ils appliquent le même programme chez nous, on n'a plus qu'à apprendre le suisse et s'exiler de l'autre côté des Alpes.

Ils sortirent ensemble un peu avant sept heures du soir. Van de Voos se proposa de les déposer devant leurs hôtels, et la grosse 402 noire traversa les rues endormies de Villeparisis. Il laissa Tatane à deux pas, au *Martin-Pêcheur*, une bâtisse qui faisait face aux Docks de l'Ourcq. Les lotissements s'organisaient à toute vitesse et les champs, les bois se faisaient grignoter chaque jour un peu plus par les cabanes de week-end, les pavillons bancals. Il fit une première halte devant l'*Hôtel de Venise.* Deux étages en béton au-dessus d'une salle de bal. Dix ans plus tôt on pêchait, en face, dans des étangs dont ne subsistait plus la moindre trace, sinon, peut-être, ce nom de *Venise* sur cette façade désolée. Coffiot disparut derrière les rideaux vichy et la Peugeot fila vers chez *Turbolin,* au coin de l'avenue des Rossignols, dans le secteur italien. La vitrine était décorée d'affiches annonçant la venue de « Bruno Lorenzoni, le nouveau prince de l'accordéon » et de « Marcel Bruel, l'homme aux doigts d'or ». Du vendredi soir au dimanche, des bandes de prolos habillés de vestes civiles passées sur des salopettes de travail neuves descendaient d'Aubervilliers, de Drancy, de Saint-Denis et envahissaient la piste. Gaby, fana du grand écran, avait choisi d'habiter là pour être plus près du seul cinoche du pays, le Colisée, qui proposait le succès du moment, *Nous sommes tous des assassins* (un doigt noir, accusateur, pointé vers le ciel) et promettait, « PROCHAINEMENT », Gérard Philipe dans *Fanfan La Tulipe.*

Van de Voos rejoignit ensuite *Le Merle blanc* en passant par la nationale 3, qu'on appelait encore quelquefois, ici, la route d'Allemagne. Il s'arrêta devant le café des *Deux-Départements,* à hauteur de la grosse borne blanche dont la face partagée par un trait creux annonçait Paris sur la droite et

Mayence sur la gauche. Il descendit de la 402 et contempla longuement le paysage de carrières, de convoyeurs, de cheminées. Un pas de plus et il rompait le contrat qui le liait à la justice... Il lui arrivait une ou deux fois par mois d'organiser une escapade à Paris, mais il ne se laissait pas aller à emprunter la « voie Lambert », du nom de la route des carriers qui longeait la frontière du 77 et du 78, par les bois... C'était bon pour les demi-sel, les petits maquereaux de banlieue qui pullulaient dans les villes de relégation comme Villeparisis ou Lagny... Lui prenait tout simplement le train des employés, de préférence celui de 6 h 04, le lundi matin, pour revenir par l'omnibus de 18 h 09, sa sacoche sagement posée sur les genoux, avec les mêmes compagnons de voyage. Il remonta l'avenue Charles-Gide et vira à droite rue Joseph-Coursolle. Le portail de l'auberge était ouvert. Il se gara derrière les montagnes de caisses de vin et de bière. André, le patron du *Merle blanc,* se tenait sur le seuil. Van de Voos lui tapa sur l'épaule puis il entra dans la grande salle vide. Toutoune s'activait aux fourneaux. Ils mangèrent sans dire un mot, entre l'estrade et le bar, en écoutant *Radio-Luxembourg.* Jean Nohain, en direct de Brives, remercia le savon Catox des laboratoires Le Chat, puis les cinq concurrentes racontèrent tour à tour le rêve fou qu'elles souhaitaient voir exaucer. Le public applaudissait frénétiquement et l'applaudimètre comptabilisait l'enthousiasme... Ce soir-là une cultivatrice déchaîna les bravos et fut élue « Reine d'un jour » sous le nom de Mélanie VIII.

Elle gagna un tracteur destiné à remplacer son mari récemment décédé. La fanfare commandée par Jaboune joua les premières notes de la cérémonie du couronnement. Van de Voos traversa la salle pour baisser le volume quand, l'émission terminée, s'éleva la voix canaille de la môme Moineau...

Il était à peine quatre heures de l'après-midi, ce mercredi 28 mai 1952, pourtant la place du marché et la rue qui menait jusqu'à la gare étaient animées de manière inhabituelle. Le soleil jouait à cache-cache derrière les nuages. Depuis le *Bar de l'Oasis* Coffiot et Tatane observaient la cinquantaine d'ouvriers de chez Lambert, des Docks de l'Ourcq, des Ateliers métallurgiques Derkx, de la Garantie mécanique et des Chantiers du Muguet qui se rassemblaient par petits groupes de cinq ou six. Soudain deux hommes se portèrent en avant, au milieu de la rue, et déplièrent une banderole, un drap blanc sur lequel s'inscrivait, en lettres rouges malhabiles, le slogan du jour : DEHORS RIDGWAY LA PESTE. Le cortège se forma. Il traversa le canal de l'Ourcq avant d'envahir le quai du chemin de fer. Tatane rabaissa sur son front la visière de sa casquette.

– Qu'est-ce qu'on fait, on y va ?

Coffiot écarta le rideau et colla son nez à la vitre.

– On a tout le temps, la chaudière arrive dans dix minutes... Si les flics ne pointent pas le bout du nez on attrape la dernière voiture, sinon on reste bien sagement ici à écluser le pinard de la Vieille...

Ils se levèrent quand la loco lança son signal, à

l'amorce de la courbe, et se fondirent dans la foule compacte. Le convoi fila devant eux, donnant l'impression de ne jamais devoir s'arrêter, puis le miracle habituel se produisit, dans des grincements, des frottements et des stridences de métal au travail. Les voitures étaient déjà bien remplies de manifestants venus de Meaux, de Claye-Souilly. On se saluait en se tapant dans le dos, en se serrant vigoureusement la main. Les deux tricards s'installèrent sur les dernières banquettes de bois du wagon de queue. Installées en sens contraire de la marche, elles permettaient de ne pas trop s'exposer et de voir défiler les rails et le paysage par la porte vitrée. Le train fut plein à Livry-Gargan mais on se serra en plaisantant pour ceux qui attendaient à Bondy. La voix de l'ouvrier carrier qui les avait entrepris dans la salle du *Petit Robinson* s'éleva dans le compartiment et parvint à couvrir le vacarme du roulement. Tatane et Coffiot se retournèrent, d'un même mouvement.

– Camarades... Nous n'allons pas jusqu'à la gare du Nord. Les flics du préfet Baylot nous y attendent en masse. Les directives sont simples : tout le monde descend à la prochaine, gare de Pantin. Ensuite nous filerons à pied sur Aubervilliers... C'est bien compris ?

L'intervention du carrier stoppa net les rires, les fanfaronnades. On n'avait pas revêtu les paletots d'hiver ni rembourré les épaules de coton pour rien... Cette fois-ci c'était bien parti pour montrer aux flics de quel bois on se chauffait dans la classe ouvrière ! Le convoi se faufila à petite vitesse dans l'enchevêtrement des lignes de la gare de triage, longeant les entrepôts, les toits crénelés des usines, pour venir stopper, dans un long soupir vaporeux des machines, sous la verrière de Pantin. Les deux tricards s'insérèrent dans le cortège qui se formait sur la petite place coincée entre la gare et la mairie, puis les deux cents hommes venus de Seine-et-Marne empruntèrent la rue pavée qui franchissait les voies de Paris-Nord avant de plonger sur les Quatre-Chemins d'Aubervilliers. Ils furent rejoints par des employés des blanchisseries, des délégations de chez Deutsch, Ausière et Drivet, également quelques ouvrières de Poivrossage qui s'aspergeaient de parfum bon marché pour couvrir le piquant des épices incrusté dans leur peau. Le carrefour des Quatre-Chemins était noir de monde. Plus de deux mille manifestants occupaient la chaussée. Tatane s'était accroché à la veste de Coffiot. Ils se retrouvèrent au milieu des gars de chez Malicet, une des grosses boîtes de métallurgie d'Aubervilliers. Un sur deux, au bas mot, était armé d'une barre de fer sur laquelle on avait soudé une pancarte métallique aux bords affûtés à la meule. Les curieux se pressaient dans la ruelle servant d'entrée au Kursaal sous le calicot du film de la semaine, *Le Rôdeur.* On attendit les renforts venus du Bourget, Worthington et l'Electro-Mécanique, pour se diriger vers la porte de la Villette. Un jeune type, mince, vêtu d'un imperméable et que tout le monde appelait Dédé, lançait les slogans repris, par vagues, par les manifestants. « Ridgway assassin », « U.S. go home », « Nous voulons la paix ». Quelques Algériens de chez Aubry et chez Franck tentèrent d'imposer un « Libérez Messali Hadj, Algérie algérienne » qui fut couvert par le plus officiel « Libérez André Stil ». La manifestation dépassa le *Muscat,* fut enveloppée un instant dans l'odeur de frites et les notes d'accordéon de la guinguette puis elle traversa le no man's land qui s'étendait jusqu'aux abattoirs depuis l'arasement des fortifications. Les portes de la caserne de gardes mobiles étaient fermées. Ils passèrent le canal Saint-Denis et firent leur jonction avec les militants du XIXe arrondissement rue de Flandre, à hauteur de Corentin-Cariou. Les commerçants baissaient leurs rideaux au fur et à mesure de la progression du cortège. Un peu après Crimée un cordon de cinquante policiers casqués, matraques en main, bloquait la rue. L'heure de l'affrontement n'était pas encore venue : quelques rangs s'approchèrent en hurlant des invectives tandis que, derrière, le cortège se scindait pour contourner l'obstacle par le réseau des rues adjacentes. Il se reforma, plus décidé que jamais, devant la place Stalingrad investie par les gardes mobiles et les flics. Tatane et Coffiot, qui s'étaient portés à l'avant, furent refoulés par le service d'ordre qui aidait les anciens des groupes de résistance, plus aguerris, à garnir les premiers rangs. Le type habillé d'un imper avança seul vers les policiers. Il se retourna, leva le bras droit qu'il laissa retomber en criant : « En avant, camarades ! » Les deux tricards furent emportés par le flot et se retrouvèrent soudain à l'abri du métro aérien, dix mètres derrière le front. On se battait tout autour, pancartes métalliques contre matraques, manches de pioche contre pèlerine. Le barrage policier avait cédé par le milieu sous la poussée des manifestants. Des flics isolés étaient roués de coups. Tatane se jeta sur un garde mobile qui essayait de s'enfuir. Il lui arracha son casque pour permettre à un type en bleu de l'assommer. Il se retourna à temps pour voir, devant l'enseigne du magasin *A l'Ouvrier,* un policier brandir son arme et tirer par trois fois sur un civil. Coffiot s'était déjà baissé pour soutenir le blessé. D'autres coups de feu retentissaient tout autour. Le claquement sec des détonations augmentait la fureur des manifestants qui tentaient maintenant de lyncher les flics qui leur tombaient sous la main. Trois hommes avaient ouvert une bouche d'égout et poussait un gardien dans le trou béant, la tête la première. Tatane aida Coffiot à transporter le blessé à l'écart des combats. Ils le déposèrent sur les marches de l'hôtel du Grand Garage Citroën, à l'angle du boulevard Saint-Martin. Ils le veillèrent durant une demi-heure. Lorsque la voiture réquisitionnée par le service d'ordre arriva pour le conduire à la clinique des Bleuets, Belaïd Hocine avait cessé de vivre.

Traverse n° 28

I

Le vieux break Volvo traversa la départementale pour s'engager dans la rue de la Concorde, offrant aux rares passants un concert de couinements d'amortisseurs, de grincements de transmissions et de claquements de soupapes. Les silhouettes sombres des pavillons se détachaient sur l'interminable écran bleu clair formé par la façade ondulée de l'usine. La route longeait des terrains vagues sur une centaine de mètres, puis quelques jardinets avant de buter sur les piles inutiles de l'ancien pont de la Concorde détruit la décennie précédente, lors de l'élargissement du canal de l'Escaut, et jamais reconstruit. Bertrand Lemoens manœuvra pour se garer sur le minuscule terre-plein qui surplombait l'eau. Il glissa deux grosses pierres sous les roues arrière afin de limiter les conséquences d'une défaillance éventuelle du frein à main, et prit son élan pour franchir la butte de terre qui séparait la ville de ses immenses friches industrielles. Toute activité avait cessé depuis près de dix ans, et la nature avait repris ses droits. Il se baissa pour ramasser une branche avec laquelle il couchait l'herbe devant ses pas. Le terrain partait en triangle, limité d'un côté par le fleuve, de l'autre par le socle des hauts fourneaux. La maçonnerie, vingt mètres de haut sur trois cents de long, bouchait l'horizon à la manière d'un mur de prison. Il contourna un bloc de béton hérissé de ferraille rouillée et poussa la porte d'un atelier vide qui devait abriter, jadis, la régie électrique. Des oiseaux affolés s'envolèrent à son approche et allèrent se heurter aux verrières. Des milliers de contacteurs jonchaient le sol. Il en éparpilla un tas, de la pointe du pied, avant de poursuivre son chemin. Une péniche hollandaise vide, ventre gonflé, posée sur les flots sombres, filait vers Valenciennes. Les remous, dans son sillage, animèrent la surface du bras d'approvisionnement creusé à l'amorce d'une courbe du canal. Les vaguelettes vinrent mourir sur un pneu de camion à demi immergé. Bertrand Lemoens se hissa sur le muret pour faire le tour du quai et s'aperçut qu'on venait de démonter la ligne interne de chemin de fer reliant l'Escaut aux anciennes fonderies. La terre gardait les marques rectilignes des rails et celles, régulières, du travelage. Les soubassements massifs des hauts fourneaux avaient laissé la place à un simple mur d'enceinte. Une porte, semblable à celle d'un fort, donnait accès au cœur de l'usine. Le passage incessant des camions des entreprises de démolition avait transformé le sol en bourbier, et il préféra escalader le talus envahi par les ronces plutôt que de patauger dans le mélange de terre grasse et de suie. Il ne put réprimer un cri de joie en découvrant les éléments de la ligne démontée entassés près des vestiges noircis d'un four. Eclisses, boulons, rails, tire-fond, traverses, leviers d'aiguillage, tout attendait sagement d'être convoyé vers des dépôts ou des ateliers de recyclage. Il s'approcha de la montagne de traverses et les inspecta une à une. Son choix se porta sur une pièce de bois assez récente, située en plein cœur de l'amoncellement, et qui portait à chaque extrémité, peinte en blanc, la mention « N° 28 ». Bertrand Lemoens la dégagea au moyen d'une corde trouvée dans les ruines, et il s'apprêtait à traîner son butin jusqu'à la Volvo quand les échos d'une conversation se répercutèrent sur les façades des ateliers. Son premier réflexe fut de se baisser puis de courir se mettre à l'abri dans la construction la plus proche. Le parquet du rez-de-chaussée avait été enlevé, et il ne pouvait pénétrer dans la pièce sans risquer de se blesser. Il recula. Un escalier de fer menait à l'étage. Il l'emprunta et se retrouva dans les vestiaires de l'usine. Le verre des fenêtres jonchait le sol, éclats de lumière dans la poussière... Les placards en bois et les armoires métalliques avaient été renversés. Certains gardaient jalousement leur cadenas dérisoire que plus personne n'essayerait de forcer. Des cartons poussés sur les glissières portaient encore le nom de l'ultime locataire... Pateski, Sarclier, Rieuben, Verlaud, Machefer, Togliano... Il traversa la salle en silence, sur la pointe des pieds, mal à l'aise, comme s'il était entré par inadvertance dans une chambre où reposait un mort. L'autre pièce abritait la cantine. De longues tables en Formica, pieds scellés au sol, partaient de chacune des ouvertures ménagées dans les cloisons. Bertrand Lemoens s'accroupit près de la porte du local des douches. Il reprit son souffle puis essaya de déterminer de quel côté provenaient les bruits de voix. Son regard buta sur un mur courbe en brique pleine. Il s'avança vers la fenêtre en marchant à la manière d'un canard. Une tour ronde crénelée, d'une quarantaine de mètres de hauteur, surmontée d'un réservoir métallique, se dressait derrière un hangar dont le portail battait au rythme du vent. Les voix semblaient naître dans cette direction. Il quitta l'immeuble dévasté et, par brusques sprints à découvert, d'un bidon à un tas de ferraille, d'une carcasse de Fenwick à une pile de tuiles, comme il l'avait vu faire dans les films de guerre, il réussit à venir se plaquer contre le château d'eau. Il en fit le tour, sa veste frottant contre la brique sale, jusqu'aux marches marquant l'entrée. L'intérieur se perdait dans l'obscurité. Quand ses yeux se furent habitués, il distingua les tuyauteries, les manettes, les chaînes, les crochets monstrueux, et l'échelle de fer qui conduisait au niveau supérieur. Toutes les fenêtres avaient été condamnées et il dut grimper jusqu'à la limite de la brique pour disposer d'un point de vue sur les friches. Le réservoir posé sur la tour comme un turban hindou débordait de deux bons mètres. Un escalier accroché à son flanc permettait d'accéder au sommet de l'édifice en déjouant les lois de l'apesanteur. Bertrand Lemoens rassembla tout son courage et s'engagea dans la cage, les yeux mi-clos. Le vent sifflait à ses oreilles. Un pigeon surgit d'une anfractuosité et décolla, lui fouettant le visage de ses ailes. Un chemin de ronde protégé par une balustrade courait sur toute la circonférence du réservoir. De son perchoir il découvrait les deux quartiers de la ville séparés par l'Escaut, les enchevêtrements autoroutiers, langues de béton-guimauve enroulées sur elles-mêmes, les casemates bidonvillesques de la gare routière, vers Prouvy, les réseaux ferrés au rail terne, oxydé, et, à ses pieds, la dépouille éparse du dragon vaincu... Il n'y avait pas si longtemps, des milliers d'esclaves s'épuisaient dans cet univers de pyramides sidérurgiques, gavant de minerai les bouches insatiables des hauts fourneaux, guidant de leurs pinces géantes les mortels serpents d'acier liquide... Là-bas, à l'endroit où la ligne de chemin de fer, le canal et l'autoroute confondaient leurs tracés, au-dessus de la vieille entrée, un graffiteur désespéré adressait un pied de nez à l'histoire en se contentant de rajouter une jambe à USINOR pour en faire USIMOR. Il promena son regard dans les allées désertées, vers les interminables toits de tôle du train universel, et c'est là qu'il les vit. La camionnette était stationnée près d'une remorque désossée sur laquelle rouillait un cylindre de métal, et il parvint à lire l'inscription portée sur l'avant du véhicule :

Établissements ROMBALUX
Menuiserie métallique
59300 VALENCIENNES

Deux hommes vêtus de bleus, grimpés sur un petit échafaudage mobile, la tête recouverte de casques de soudeurs, prenaient des mesures, traçaient des lignes blanches au flanc d'un gros tuyau d'aération accroché tout au long du mur de l'atelier principal. Les doigts sur la molette raccourcirent la flamme du chalumeau pour ne garder que le point d'incandescence qui aussitôt commença à faire fondre le métal sous le trait de craie. Bertrand Lemoens s'était allongé sur le couvercle du réservoir et seule sa tête dépassait de la masse du château d'eau. Il observait, fasciné, le travail de ces deux fourmis égarées au milieu d'une jungle minérale, futuriste. Le premier tronçon tomba à terre dans un bruit de ferraille à l'agonie qui résonna longtemps entre les alignements de brique, et se répercuta loin vers les socles érodés des hauts fourneaux. Les ouvriers se servirent de la camionnette pour tirer le segment à l'écart de leur chantier puis, tandis que le plus vieux dépeçait sa portion de tuyau, le second remonta sur l'échafaudage. Avant d'attaquer une deuxième découpe, il fit jaillir la flamme de son outil pour éclairer l'intérieur du conduit d'aération dans lequel il jeta un coup d'œil curieux. Bertrand Lemoens le vit reculer brusquement, comme repoussé par une bouffée de gaz, et il crut bien que l'homme allait tomber à la renverse. Il entendit le cri :

– Gérard... Viens voir, vite !

L'autre jeta son chalumeau à terre, sans prendre le temps de l'éteindre, et se précipita vers l'échelle. Il les vit gesticuler, debout devant l'orifice obscur. La scène s'éternisa durant de longues minutes avant que celui qui s'appelait Gérard ne se résolve à pénétrer à quatre pattes dans le conduit, emportant une bâche. Il réapparut un moment plus tard, les fesses les premières, les bras tendus, doigts agrippés au bord du tissu. La bâche fut bientôt exposée en pleine lumière, servant de linceul aux ossements en désordre d'un squelette humain.

II

Depuis son poste d'observation Bertrand Lemoens ne perdait pas un détail de la scène. Il porta ses mains derrière ses oreilles, incurvées, pour capter les paroles qui s'échangeaient. Le vieil ouvrier avait rabattu les bords de la bâche sur le squelette et relevé la visière de son casque.

– Bordel de bordel ! On a deux cents mètres de ferraille à désosser sur des kilomètres et des kilomètres, et il faut que ça tombe sur nous !

Le plus jeune ne pouvait détacher son regard de la forme, sous le tissu.

– Qu'est-ce qu'on fait ? On ne sait pas comment il est venu là... A mon avis, il faut prévenir les flics...

– Ecoute, petit : il y a cinq ou six ans j'avais décroché un chantier en Lorraine, pas loin de Villerupt. En récupérant le cuivre d'un transfo électrique on a déterré une vieille pétoire qui datait au moins de la guerre de 1870. J'ai eu la bonne idée de faire une déclaration à la gendarmerie du coin. Résultat ils nous ont obligés à arrêter les travaux pendant une semaine, et je peux te dire que c'est pas eux qui remboursent les notes de frais ! Deux ans après ils m'ont encore convoqué à Longwy pour identifier le matériel...

L'autre hochait la tête.

– Je suis d'accord avec toi, Gérard, mais là c'est pas un fusil qu'on a trouvé, c'est un bonhomme...

– Raison de plus ! On va les avoir sur le dos pendant des mois ! Je m'en sors tout juste au prix de la ferraille... Si on bosse à mi-temps, autant baisser le rideau et aller pointer avec les airémistes.

– C'est pas une raison... Va savoir de quoi il est mort ?

– De quoi tu as peur ? Ça fait au moins dix piges que ce foutu tuyau a été installé, et jusqu'aujourd'hui personne ne s'est inquiété de savoir ce qu'il y avait dedans ! Et si c'était une blague, qu'ils avaient placé un squelette de démonstration comme ceux qu'on avait, dans les écoles ? On aurait l'air malin !

Le jeune ouvrier souleva la bâche et pointa du bout du pied un lambeau de tissu auquel tenait encore un petit rivet de cuivre.

– Parce que tu crois que les squelettes de sciences naturelles portent des jeans ? Je te dis qu'il vaut mieux aller voir la police.

Gérard éleva le ton.

– Pas question. Je ne veux pas avoir d'emmerdes. Laisse-moi faire, Alain, et ne t'inquiète pas : je prends tout sur moi.

Il rassembla les coins de la bâche et descendit de l'échafaudage avec la macabre découverte. Alain le suivit devant la camionnette.

– Qu'est-ce que tu vas en faire ? Le mieux serait de l'enterrer dans un secteur où personne n'aura l'idée de venir creuser...

L'ouvrier le plus âgé haussa les épaules et s'installa en silence aux commandes du fourgon C 35. Le moteur Diesel répondit au premier coup de démarreur. Gérard fit grincer la première, débraya lentement, et les pneus avancèrent sur la toile, écrasant les os de l'inconnu. Il fit une série de manœuvres en marche avant, en marche arrière, tournant le volant à droite, à gauche, pour être sûr de tout réduire en poudre. Quand ce fut terminé il sauta de la cabine et compléta le travail à coups de talon. Alain l'aida à prendre la bâche qu'ils portèrent à l'arrière du véhicule. Ils remballèrent leurs outils. Le fourgon s'éloigna entre les ateliers, bifurqua vers le pont de l'autoroute, pour disparaître un long moment du champ de vision de Bertrand Lemoens. Il finit par déboucher d'une allée secondaire qui menait au bord de l'Escaut. Les deux hommes ouvrirent les portes arrière, secouèrent la bâche au-dessus des flots avant de la lester de pierres et de la jeter au milieu du canal. Elle surnagea, le temps de se gorger d'eau, puis sombra en libérant une infinité de bulles d'air. Les ouvriers remontèrent dans la cabine. La camionnette Citroën coupa à travers l'usine, longea les bâtiments du train universel et quitta les friches, ne laissant derrière elle qu'un nuage de poussière.

Bertrand Lemoens se redressa. Il introduisit ses jambes dans la tourelle d'acier et posa ses pieds sur les degrés de l'escalier. Dès qu'il fut de nouveau à l'intérieur du château d'eau il ramassa une dizaine de formulaires vierges qui jonchaient le sol, les tordit entre ses mains avant d'en allumer l'extrémité à l'aide de son briquet. Les flammes démultipliaient les ombres de la machinerie, des crochets, des chaînes suspendues aux poutrelles. Il rejoignit le sol, abandonnant sa torche improvisée au milieu du chemin. Le chantier Rombalux se trouvait à moins de deux cents mètres, derrière la petite fonderie. Il inspecta les parois internes et externes de la portion de tuyau tombée à terre sans rien remarquer d'autre que le nom du fabricant : « Chaudronnerie Vilnoy, Maubeuge. » Les premières gouttes le pluie explosaient sur le métal quand il escalada l'échafaudage. Il se hissa à l'intérieur du conduit d'aération dans lequel il pouvait se tenir accroupi, et avança jusqu'à une grille, un filtre, qui interdisait toute progression. Son pouce roula sur la molette du briquet. Une lueur bleutée éclaira le cylindre. Bertrand Lemoens promena la flamme autour de lui. Dehors la pluie redoublait d'intensité. Quelques lambeaux d'étoffe s'effilochèrent entre ses doigts. Soudain il crut distinguer une inscription, à moins d'un mètre du filtre. Il approcha le briquet et lut les deux mots griffés sur le métal, en lettres bâtons :

BLECK MAN

Il éteignit son briquet, et c'est en reculant pour s'extraire du tuyau que son pied fit crisser un morceau de ferraille. Il tâtonna dans l'obscurité. Sa main se referma sur une petite chaîne bon marché qu'il examina à la frontière circulaire du jour. Un minuscule pendentif était bloqué près du fermoir. Il reconnut la croix égyptienne à l'anneau surmontant le T et qui lui faisait toujours penser à une tétine. Il glissa le tout dans sa poche de jean, sauta sur la terre qui se gonflait d'eau et courut jusqu'aux vestiges de la ligne intérieure de chemin de fer. Il fit passer sur son épaule la corde attachée à la traverse n° 28 et la traîna le long du canal de dérivation de l'Escaut puis dans les herbes humides jusqu'au vieux break Volvo. Le moteur ronchonna avant d'accepter de se mettre en route. Bertrand Lemoens reprit la rue de la Concorde en sens inverse et déboucha droit devant l'ancienne maison de maître qui abritait le commissariat de police et la brigade de dressage de chiens d'attaque. Il s'arrêta en face, observant le bâtiment qui se déformait et se recomposait au rythme binaire des essuie-glaces. Il se revit soudain dans la cage, à Bruxelles, après une manifestation qui avait mal tourné... Les insultes, les coups, l'humiliation, tout ce qu'il croyait enfoui au plus profond de lui-même, tout remonta à la surface, d'un bloc. Il serra les dents et enclencha la première vitesse.

III

Dès le début de l'averse, les quinze sculpteurs qui installaient leurs œuvres dans le parc s'étaient réfugiés dans la salle de conférences du centre culturel Andy-Warhol. La verrière dominait la pelouse et l'étang sur lesquels commençait à prendre forme le cinquième musée éphémère de Trith-Saint-Léger. Les plasticiens buvaient une bière devant le logo du centre, une Marilyn multicolore digitalisée. Il y avait là tout ce qui comptait dans l'art monumental du nord de la France, de la Belgique, du Luxembourg et des Pays-Bas. Jos Claus, un géant brun, barbu, au visage constellé de taches de rousseur, venait de trouver le nom de l'ensemble de triangles acérés en bois peint qu'il avait disposés en demi-cercle à la lisière du mur d'enceinte.

– Qu'est-ce que vous en pensez ? Je vais baptiser mon environnement : *Les frontières n'arrêtent pas les nuages...* C'est pas mauvais, non ?

Brigit Frerick remua la tête pour faire tomber de ses cheveux le sable humide qui s'y était collé alors qu'elle plaquait l'empreinte de son corps dans le bac, avant le moulage du bronze.

– Tu veux dire que c'est génial, Jos ! Moi, tout ce que je fais, ça porte le même titre : *ICH...* Au début je numérotais, *ICH I, ICH II, ICH III...* J'ai abandonné aux alentours de 250... Je n'ai pas d'imagination avec les mots.

Michaël Prinz avait, lui, choisi d'occuper l'escalier du centre culturel et d'asseoir sur chacune des trente-neuf marches conduisant au troisième étage autant de bonshommes noirs. Un quarantième, blanc, trônait derrière la porte des toilettes. C'était un farouche adepte du « sans titre ». Il posa son bras sur l'épaule de Jos Claus.

– Si j'en trouvais ne serait-ce qu'un de cette qualité, je crois bien que je me laisserais aller...

Il se mit à réciter, imitant la voix d'un commentateur sportif embauché par inadvertance à *France-Culture.*

– *Avec* Les frontières n'arrêtent pas les nuages, *présenté au musée Warhol de Trith-Saint-Léger, Jos Claus introduit une rupture dans le chaos et l'amorphité, et marque une limite nécessaire à une certaine notion d'ordre. Sa conception ontologique de l'espace nous révèle une autre réalité débarrassée des entraves de l'existence quotidienne...* T'imagines un peu ? Il n'y a même plus besoin de mettre une sculpture en dessous, le titre se suffit à lui-même ! Tu peux tout juste t'offrir le luxe de l'écrire en pyrogravure. En tout cas, à ta place, je ne pourrais pas faire moins que de payer une tournée générale !

Leurs rires furent interrompus par l'arrivée sur le parking de Bertrand Lemoens au volant de sa Volvo souffreteuse. Ils le virent jeter la traverse sur le gravier et la tirer derrière lui, sous la pluie, à travers le parc. Il passa entre les deux chênes et amena la barre de bois jusqu'au bord du lac. Ils l'observèrent en silence alors qu'il la hissait dans la barque municipale. La pluie crépitait à la surface de l'eau. Il se mit debout à l'arrière de l'embarcation qu'il pilota à l'aide d'une longue perche, vers une plateforme constituée de palettes rendues solidaires au moyen de cordages, et qui flottait à l'exact centre de l'étang. Il se démena sur son radeau dérisoire, pendant des heures, fabriquant une poulie approximative avec la jante d'une roue de scooter, réinventant des nœuds de marin oubliés depuis des lustres, clouant, collant, retaillant le bois à coups de hachette... Quand il abandonna son vaisseau, à la tombée de la nuit, la traverse se balançait devant le mât, pendue au bout d'un filin. Le moindre remous, le plus infime souffle de vent, la faisaient osciller, donnant de la gîte à l'assemblage de palettes. Les deux parties de la sculpture semblaient se dissocier, comme si elles étaient le jouet de deux forces contraires, l'eau et le vent.

Le silence se fit quand il poussa la porte de la salle des associations transformée le temps de l'exposition en restaurant et en dépôt de matériel. Il restait une place, entre Michaël Prinz et un sculpteur danois qui refusait obstinément de donner son identité et se réfugiait derrière le pseudonyme autoroutier E5/A1. Son travail consistait à décaper des poteaux indicateurs, des bornes kilométriques provenant de tous les pays d'Europe, et à les recouvrir uniformément de peinture aérosol rose bonbon nacrée. Il s'exprimait rarement et sans effet notable sur les autres sculpteurs, puisqu'il ne parlait rien d'autre que sa langue d'origine (Prinz prétendait même que ce n'était pas du danois mais un patois ultra-minoritaire). Quand Bertrand Lemoens se laissa choir sur la chaise, E5/A1 traça dans l'espace, avec ses mains couleur guimauve, une figure signifiant un bateau et son mât, puis il leva le pouce vers le ciel pour dire ce qu'il en pensait. Lemoens le remercia d'un clin d'œil. Il engloutit le friand qu'une femme de service venait de disposer dans son assiette et but d'un trait son verre de vin rouge. Michaël Prinz le resservit à la carafe.

– Tu en as mis un drôle de coup, ce soir ! Tu l'as dénichée où cette traverse ? Elle est superbe...

Bertrand Lemoens parlait lentement, détachant chaque syllabe, autant pour contrôler sa pensée que pour maîtriser le fort accent ardennais belge de Bastogne dont se moquaient les galiéristes bruxellois.

– Là-bas, près des friches d'Usinor... Ils démontent les lignes de chemin de fer, il y a tout ce qu'on veut, comme au supermarché...

– Tu as réussi à entrer dans l'usine ? Il paraît que c'est encore mieux gardé que lorsque c'était en activité... T'as vu personne ?

Il prit le temps de porter le verre à ses lèvres.

– Je suis resté à l'extérieur, le long du canal...

IV

Bertrand Lemoens refusa de suivre la troupe du musée éphémère au *Mona Lisa Overdrive,* une boîte de Valenciennes dans laquelle ils avaient décidé de passer la soirée. D'habitude il ne dédaignait pas ces avancées dans la nuit, autour d'une bouteille de bourbon, le regard s'attardant alternativement sur les couples se déhanchant devant les glaces au rythme du disco, à la fille exotique, nue près du bar, qui faisait tourner des pièces de monnaie entre ses seins. Il grimpa au grenier, dans lequel on avait aménagé une série de petites chambres, pour assister au départ de la caravane. Quand les derniers feux de position disparurent dans le virage des Sept-Chemins, il se précipita au rez-de-chaussée et prit les clefs que le directeur du centre dissimulait derrière une œuvre de Luquoin, *Vive Archimède,* qui consistait en un détournement assez réjouissant de l'image du Bébé Cadum. L'une des clefs donnait accès au téléphone du bureau de l'administration. Il appuya sur la touche du minitel et pianota successivement les lettres de « Vilnoy », « Chaudronnerie », « Maubeuge », pour obtenir en réponse le numéro 27 14 38 09. Il ne put s'empêcher de le composer. La sonnerie rencontra le vide, et il allait raccrocher quand la forte voix d'un homme lui agaça le tympan. Il éloigna le récepteur de sa joue.

– Allô, je suis bien aux établissements Vilnoy ?

– Oui, mais à cette heure-là, c'est fermé. Rappelez demain à partir de huit heures et demie.

Bertrand sentit que son interlocuteur allait interrompre la communication. Il éleva la voix. Les mots se bousculèrent sur ses lèvres.

– Non, non, écoutez-moi, s'il vous plaît... Je n'ai besoin que d'un simple renseignement. Je suis photographe et je prépare actuellement un livre sur les usines du Nord... La semaine dernière j'ai fait un reportage sur les hauts fourneaux de Trith-Saint-Léger... Votre entreprise y a travaillé, non ?

– A Trith vous dites... Je ne suis pas sûr qu'on ait fait grand-chose là-bas... On bossait surtout sur le site de Denain.

– D'après ce qu'on m'a dit, c'est votre boîte qui

aurait posé les systèmes d'aération et de ventilation au flanc du train universel...

Le type lui coupa la parole.

– Exact ! Je ne m'en suis pas occupé personnellement, c'est mon frère qui a suivi ce chantier... Je me souviens maintenant... Qu'est-ce qu'il a pu s'emmerder pour suspendre ses tuyaux !

– Pour quelle raison ?

– L'usine était en révolution ! Les types n'arrêtaient pas de se mettre en grève et de manifester pour empêcher qu'ils foutent tout par terre. Si ma mémoire est exacte, c'était à l'automne 1985, fin septembre ou début octobre. Bruxelles venait d'annoncer la fermeture d'Unimétal. Un matin nos gars étaient contrôlés à l'entrée par les gardiens, le lendemain ils présentaient leurs papiers au piquet de grève... Ça se battait dans tous les coins avec les C.R.S., sur les autoroutes, le long des lignes de chemin de fer... Pendant ce temps, que ce soit à Trith ou à Denain, on installait des centaines de mètres de tuyaux pour mettre les ateliers en conformité avec les règles communautaires, tout en sachant pertinemment que les laminoirs seraient fermés avant leur mise en route !

Bertrand Lemoens notait tous les détails sur une feuille de papier.

– Je vous remercie. J'ai tout ce qu'il me fallait...

– Si vous voulez, rappelez-moi demain dans la matinée, j'aurai la date exacte de l'installation de l'aération.

Il se coucha et s'endormit comme une masse. Il fut tiré de son sommeil par la cavalcade des fêtards, dans les escaliers, et replongea dans ses rêves au milieu des grognements de plaisir danois de E5/A1 qui répondaient, derrière la cloison, aux plaintes amoureuses de Brigit Frerick.

Le lendemain il faisait exceptionnellement beau. Dans le parc du centre culturel Andy-Warhol les sculpteurs en profitaient pour faire du plâtre, de la peinture, de l'argile. *Le Pendule de Lemoens,* ainsi que l'avait baptisé l'assemblée générale du musée éphémère tenue la nuit précédente dans le dancing *Mona Lisa Overdrive* de Valenciennes, se balançait nonchalamment à la surface de l'étang municipal, entouré d'une flottille de canards et de poussins. Bertrand observa un moment sa composition depuis la rive puis grimpa dans le break Volvo. Il vint se garer au même endroit que la veille, sur le fragment du tablier du pont de la Concorde, puis fila vers le socle des hauts fourneaux dont la masse érodée, sous le soleil, lui fit penser à des vestiges incas. Il contourna le bras de l'Escaut, longea les vestiaires, les cantines, les amoncellements de traverses et d'éclisses, évita le château d'eau pour déboucher devant le long mur de brique du train universel. Trois ouvriers cassaient la graine sur une table de camping dressée devant la camionnette des Etablissements Rombalux. Il eut juste le temps de remarquer que les deux morceaux de tuyau qui renfermaient le squelette avaient été réduits en pièces de ferraille courbes de vingt centimètres de côté. L'un des types se leva en l'apercevant et s'approcha du berger allemand enchaîné au pare-chocs de la fourgonnette.

– Qu'est-ce qu'il vient foutre ici, celui-là ?

Il se mit à crier.

– On n'a pas le droit d'entrer ! C'est une zone interdite... Viens ici ou je lâche le chien...

Bertrand Lemoens se mit à courir, grimpant au sommet d'une colline de suie, escaladant des tas de gravats. Il n'osait se retourner, de peur de perdre la fraction de seconde qui manquait au cabot pour planter ses crocs dans sa chair. Il atteignit la Volvo en un temps record et, une fois à l'abri, se félicita intérieurement de ne jamais fermer les portes à clef. Il téléphona chez Vilnoy, à Maubeuge. Le patron avait laissé un message à son intention : la tuyauterie avait été installée du 25 septembre au 2 octobre 1985. Il se rendit ensuite dans les bureaux de Valenciennes de *La Voix du Nord*. Une jeune femme apparemment muette qui ne répondait aux questions que par des mouvements de tête lui apporta la collection des journaux de septembre et d'octobre 1985 qu'il consulta dans un silence pesant. Une grande partie de l'actualité était dominée par les incidents qui éclataient dans tout le bassin sidérurgique. Nombre de photos montraient des affrontements violents entre policiers et manifestants, frondes, boulons, cailloux, contre grenades lacrymogènes, bâtons contre matraques, foulards contre masques à gaz... Il nota que le 20 septembre des ouvriers de Trith avaient, depuis le pont du Poirier, jeté des poutrelles sur les voies de la ligne S.N.C.F. ; quelques jours après, ils en balançaient dans le canal, bloquant la circulation des péniches. Le 26, les C.R.S. avaient envahi l'usine et de violentes bagarres avaient fait de nombreux blessés dans les deux camps. Bertrand Lemoens lut tous les articles se rapportant aux incidents de l'automne et il s'apprêtait à se concentrer sur les faits divers de la même époque quand il eut la preuve que la jeune femme disposait de la parole.

– Il est bientôt midi, je vais fermer. Si vous n'avez pas fini, vous pouvez revenir, ça ouvre à deux heures.

Il se vengea de l'adversité en s'offrant une langue Lucullus et une carbonade à *La Planche à pain,* un resto tranquille planqué dans une petite rue du quartier des Famars, derrière la grand-place.

Il fit la réouverture de *La Voix du Nord,* à deux heures pile. La litanie des accidents de la route, des accidents du travail, des drames familiaux, eut rapidement raison de la bonne humeur que lui avait procurée le repas, et il se mit à considérer le silence, la tristesse de l'hôtesse avec davantage de compréhension. Il lui fallut attendre une bonne partie de l'après-midi pour tomber sur ce qu'il cherchait, en date du vendredi 27 septembre 1985 :

DISPARITION MYSTÉRIEUSE

La famille Fragert vient de porter plainte après la disparition soudaine du jeune Patrick (19 ans). Une lettre de menaces dont la provenance n'a pu être déterminée a été glissée dans la boîte des parents, réclamant une rançon de 50 000 francs. La gen-

darmerie de La Sentinelle a procédé aux premières investigations et l'on n'exclut, pour le moment, aucune hypothèse. Dès que le calme sera revenu aux abords de l'usine Unimétal de Trith, les plongeurs procéderont à des recherches fluviales.

Bertrand Lemoens suivit le développement de l'affaire, sur plusieurs jours, jusqu'à son extinction sans résolution. Il plia le journal, se leva et montra le premier article à la fausse muette.

– Cette affaire m'intéresse... Ils l'ont retrouvé ?

Elle hocha la tête sans laisser passer la moindre expression sur son visage.

– Oui, deux ans après, à la frontière luxembourgeoise. Il avait changé d'identité et passait de la drogue pour un réseau hollandais.

Il posa ses mains sur le bureau et lui sourit.

– Vous avez l'air de connaître tout ce qui s'est passé dans le secteur sur le bout des doigts... Un véritable ordinateur !

Ses joues se colorèrent, et il y eut un léger frémissement aux commissures.

– J'aime bien lire les journaux, les petites histoires... Ici, on peut dire que c'est l'endroit rêvé.

Ils papotèrent gentiment pendant un quart d'heure. De temps à autre elle se levait pour classer les dépêches que crachaient le télex et le fax. Elle en tendit une à Bertrand en imprimant sur son visage un masque faussement exaspéré. Il posa le bout d'une fesse sur le bureau.

LE PARADIS EST PRESQUE PLEIN !

Selon le révérend père Pignard d'Hazebrouck, qui déclare avoir étudié pendant vingt ans les manuscrits de la mer Morte à l'université théologique El Fahran de Jérusalem, il ne resterait plus, au 17 mars 1992, que 136 827 places au Paradis. La croissance démographique des pays du tiers monde serait à l'origine de cet état de choses. Selon le père Pignard, la réponse de Dieu consisterait en l'allongement de la durée de la vie dans les pays occidentaux. D'autre part l'ecclésiastique se dit persuadé que l'Enfer est confronté à une situation identique après la recrudescence du terrorisme, l'apparition du sida et la vague pornographique qui a submergé le monde au XXe siècle, mais que le Malin procédera à une extension de son territoire en 1995.

Il déposa la coupure dans la corbeille métallique.

– Si je pouvais monter là-haut, même si on est un peu serrés, je tomberais peut-être sur ce que je cherche.

Elle minauda, pour la première fois.

– Et vous cherchez quoi, si ce n'est pas indiscret ?

– Ça ne l'est pas... Je fais une liste de toutes les personnes disparues dans la région de Valenciennes à l'automne 1985.

– Vous êtes journaliste ?

– Non, je suis sculpteur... Ce serait trop long à vous expliquer...

– Je vois...

Il comprit qu'elle allait se refermer.

– D'accord, mais vous me promettez de ne rien dire à personne... Je veux réaliser une sorte de Mémorial aux Personnes Disparues et graver leurs noms dans la pierre. C'est terrible de penser que les proches n'ont pas d'endroit où venir se recueillir. Ma sculpture jouerait ce rôle, vous comprenez ?

Elle contourna le bureau, poussa une porte cachée derrière les étagères remplies de reliures, et lui demanda de la rejoindre dans une petite pièce. Elle compulsa un guide des services télématiques et programma le 36.15 DISPAR.

– Vous auriez dû me le demander dès le départ. Le travail est déjà fait. On trouve tout sur le minitel.

Elle jonglait avec les codes, les écrans, les mots de passe. L'écran afficha le dessin du département du Nord surmonté des chiffres 08-09-1985. Il voulut noter les noms qui apparaissaient, lettre par lettre.

– Attendez, ne vous fatiguez pas, je vais faire une sortie sur l'imprimante.

Bertrand Lemoens se saisit de la feuille dès qu'elle apparut.

Norbert Campana, 17 ans, de Raismes, habitant à Le Quesnoy, disparu le 2 septembre 1985. Signalé (sans confirmation) à Paris les Halles le 14 juin 1989.

Gilbert Delonghem, 22 ans, de Douchy-les-Mines, habitant à Escaudain, disparu le 12 octobre 1985. Interpellé pour excès de vitesse le 24 février 1986 puis relâché. Disparu à nouveau.

Yvette Marbaix, 18 ans, de Solesmes, habitant à Saint-Vaast, disparue le 7 octobre 1985. A téléphoné chez ses parents de l'étranger sans se présenter le 12 avril 1987.

La fille de *La Voix du Nord* le retint alors qu'il se dirigeait vers la sortie.

– On pourra la voir où, cette sculpture ?

– La semaine prochaine, au centre Andy-Warhol de Trith-Saint-Léger... Je vous ferai parvenir une invitation pour le vernissage. Je l'envoie à quel nom ?

– Florence Kalibynski, et mon adresse, c'est ici...

V

Le soir il s'arrangea pour croiser Hubert Desmedt, directeur du centre et inventeur du musée éphémère, au moment où celui-ci traversait le parking et se dirigeait vers sa voiture. Il le laissa disserter sur les œuvres qui sortaient de terre et s'extasier sur *l'auscultation* (il risqua même « au-sculptation ») *du réel par l'œuvre d'art signifiante dont l'autonomie illusoire appelle la question de son rapport à l'espace social,* pour lui demander, incidemment, s'il était déjà en poste à l'automne 1985.

– Oui, bien sûr, je suis né en bas de Trith, dans le quartier de la Clouterie, et j'ai passé ma jeunesse sur les écluses de l'Escaut et au bord du petit canal qu'ils ont remblayé depuis...

– J'ai lu une paire d'articles, ce matin, à propos des manifestations de sidérurgistes, après l'annonce de la fermeture d'Unimétal. Je ne me souvenais pas que ça avait autant chauffé. J'ai vu un cliché sur lequel des manifestants balançaient depuis un pont une poutrelle d'une tonne sur les lignes haute tension de la S.N.C.F. !

Hubert Desmedt fit sauter ses clefs de voiture dans sa paume.

– Et encore la presse n'a pas tout dit, à l'époque, de crainte que ça ne dégénère encore plus. Un copain photographe qui bosse pour le journal *Liberté* a pris une bobine complète, une nuit de la fin septembre, devant le commissariat de Denain. Les flics et les C.R.S. étaient encerclés par des centaines de prolos en colère. Ils ne pouvaient plus sortir de leur périmètre... Vers une heure du matin un premier policier s'est écroulé avec une balle de 22 long rifle dans la cuisse. Puis un deuxième, un troisième... En moins d'une heure on en comptait huit... Les flics ne disposaient pas de brancards en nombre suffisant, et ils évacuaient leurs blessés dans les caddies raflés au centre commercial d'à côté.

Bertrand Lemoens regardait les oscillations de son radeau, affectant de ne pas s'intéresser outre mesure au sujet. Il fit semblant de revenir sur la terre pour poser une question du bout des lèvres.

– Il y a eu des morts ?

– Non, mais il était vraiment moins une. Tout le monde s'est empressé de calmer le jeu, le préfet a ordonné aux C.R.S. d'évacuer les usines. En face, les organisations syndicales et les partis politiques se sont concertés pour organiser une grande marche pacifique de protestation. Beaucoup se sont dit que ça ressemblait à un enterrement de première classe... Une sale période... Personne ici n'a très envie d'en parler, on préfère oublier...

– Ton pote photographe à *Liberté*, il s'appelle comment ?

– Emile Goertz. Il est mort en montagne l'année dernière. Mais si tu veux jeter un coup d'œil à son reportage, j'en ai une bonne partie dans le dernier tiroir de mon bureau. Tu sais où sont les clefs...

Hubert Desmedt lui serra la main, grimpa dans sa Renault 5, sortit du parc en marche arrière et fila en direction du centre-ville. Bertrand Lemoens s'avança sur le trottoir pour s'assurer qu'il ne faisait pas demi-tour. Le trousseau de clefs se trouvait à sa place, derrière *Vive Archimède.* Il étala les photos, au nombre de douze, sur le plateau du bureau et les examina une à une. Huit d'entre elles représentaient la façade du commissariat de Denain défendue par des C.R.S. en grande tenue, casques à visière, lance-grenades, mousquetons. Trois autres détaillaient les différentes phases de l'évacuation, dans un caddie, d'un policier blessé aux jambes. La dernière, la seule à avoir été prise tranquillement, montrait la tête du cortège de la grande manifestation du 27 novembre 1985. Une brochette d'élus ceints de leurs écharpes tricolores barrait la rue Emile-Zola. Derrière eux les porteurs de banderoles s'arc-boutaient contre le vent. On distinguait une petite centaine de visages, ceux des manifestants des premiers rangs et ceux des curieux massés sur les trottoirs. Bertrand Lemoens rangea les clichés, ne conservant que la vue de la manifestation. Il passa une grande partie de la nuit dans le labo photo du centre à agrandir chaque visage sur du Kodalith, à la dimension d'une diapositive. Il obtint quatre-vingt-huit portraits exploitables qu'il glissa dans le panier d'un carrousel, mais il se sentit soudain trop las pour les projeter sur le mur du laboratoire. La sculptrice allemande lui avait laissé un mot sur son oreiller, autour d'un sandwich au jambon : « Travail pas trot, panse à mangé, Brigit. »

Il s'endormit en pensant à son corps moulé dans le sable, à ses cris, la veille, sous les coups de boutoir de E5/A1. Très vite, à la lisière du rêve, l'image de Florence Kalibynski prit le dessus.

VI

La semaine suivante fila entre ses doigts sans qu'il s'en aperçoive. La sculpture flottante aspirait chaque seconde de sa vie, et c'est tout juste s'il trouva le temps d'aller porter une invitation à l'hôtesse de *La Voix du Nord*.

Le parc s'était couvert d'une vingtaine d'œuvres multicolores en bois, en fil de fer, en terre séchée, en aluminium, en carton ondulé... Deux heures avant l'inauguration du musée éphémère par le député-maire de Trith-Saint-Léger, *L'Igloo de la Réunification,* une sorte de baraque de bidonville constituée de fragments du mur de Berlin, s'était écroulé sur son concepteur, Kurt Schnitzler. Il s'en était tiré sans autre dommage qu'un doigt cassé. Toute la communauté d'artistes avait fait front pour remettre l'igloo sur pied, et c'est devant un parterre de sculpteurs aux vêtements maculés de poussière de ciment que l'adjoint à la culture prononça son discours, l'événement avait drainé le ban et l'arrière-ban de tout ce que l'agglomération de Valenciennes comptait de « branchés », et les habitués des cocktails mondains se frottaient aux épaules rugueuses des travailleurs de Trith venus en nombre. Les invités, verre à la main, improvisèrent une procession qui erra de *Réification darwinienne* en *Esthétique du Hic et du Nunc,* de *Gauguin Escalator* en *Coude-Pouce,* et de *Talon de Zavatta* en *Lis, sens y est.* Bertrand Lemoens aperçut Florence au milieu d'un cercle d'admirateurs en arrêt devant les triangles acérés de Jos Claus. Il la rejoignit. Ils suivirent le mouvement, entrèrent dans la grande salle du centre Andy-Warhol et montèrent l'escalier en prenant garde de ne pas bousculer les *39 Hommes noirs* assis sur les marches par Michaël Prinz. Soudain un cri strident fit vibrer la porte des toilettes. Ils ne furent que quelques-uns à comprendre qu'un visiteur innocent venait de découvrir l'Homme en blanc.

– Quand est-ce qu'on va voir ta sculpture ? C'est uniquement pour elle que je suis venue me perdre ici...

Il la prit par les épaules, la serra contre lui, dans un mouvement spontané, et ne se rendit compte de son audace qu'en la sentant s'abandonner.

– Tout à l'heure... Il faut qu'il fasse nuit.

E5/A1 pilotait une délégation de cantonniers le long de son parcours de poteaux indicateurs rose bonbon nacré, tout en faisant tournoyer autour de lui un plateau recouvert de gâteaux de la même couleur que ses créations. Les types tapaient du poing sur les tôles, caressaient les ferrailles, jugeaient de la qualité des soudures en praticiens, et ils furent unanimes à reconnaître la supériorité du matériel routier suédois. Le soleil disparaissait doucement derrière le fronton bleu de la fonderie électrique. Les visiteurs descendirent vers l'étang et s'installèrent autour de la fontaine de Port-Arthur, une sorte de digue de vingt mètres de long qui donnait aux promeneurs l'illusion d'être en mer. Protégé par l'obscurité, Bertrand Lemoens amena la barque derrière le radeau qui servait de socle mouvant à sa sculpture. Il connecta une série de prises au transformateur posé près des trois grosses batteries de camions, et deux projecteurs illuminèrent la traverse n° 28 qui se balançait mollement en contrariant le mouvement de l'eau. Quelques applaudissements réfractés par la surface liquide crépitèrent sur la rive. Il en profita pour débrancher les projos et mettre en marche le diaporama. Les carrousels arrimés au mât envoyèrent leurs faisceaux sur des draps agrafés entre les arbres du parc. Au début les images effleuraient la toile blanche, montaient dans le feuillage, glissaient sur la façade du centre Andy-Warhol, balayaient la foule... Puis le radeau se stabilisa et la gravité imprimée sur les visages des manifestants s'imposa à tous. Les spectateurs réagissaient en reconnaissant une figure connue, un proche, en se souvenant de la dureté des affrontements, jusqu'aux branchés de Valenciennes qui ne résistaient pas à l'émotion... Le portrait agrandi d'une jeune femme aux longs cheveux noirs s'installa assez longtemps sur le drap tendu entre l'Arbre de la Liberté et le montant de la piste de skateboard. Bertrand Lemoens eut le temps de la détailler. Il écarquilla les yeux et ressentit un coup violent dans la poitrine en découvrant qu'elle portait, autour du cou, une fine chaînette sur laquelle était passée une minuscule croix égyptienne semblable à celle qu'il avait trouvée dans le conduit d'aération du train universel. Il abandonna la sculpture à son sort pour revenir sur la rive. Florence se précipita dans ses bras mais c'est tout juste s'il lui prêta attention. Elle courut après lui dans les escaliers du centre embarrassés d'*Hommes assis,* se fit toute petite dans un coin du labo photo tandis qu'il fouillait nerveusement dans ses découpages. Elle demeura silencieuse pendant qu'il glissait un morceau de Kodalith dans l'agrandisseur, et se permit d'ouvrir la bouche lorsqu'il se mit à agiter le tirage dans le fixateur.

– C'était vraiment très bien... Tout le monde était sous le choc...

– Merci...

Il redevint immédiatement soucieux.

– ... Viens voir...

Florence se pencha au-dessus du bac. Le visage d'une jeune fille flottait dans l'eau rouge.

– Qui est-ce ?

Il la pêcha du bout des pinces.

– Je ne la connais pas. Tout ce que je sais d'elle, c'est qu'elle est morte et que personne ne l'a jamais vraiment su...

– Comment tu peux en être sûr ?

Bertrand essuya la photo et prit le sèche-cheveux.

– Je te demande de me faire confiance, Florence... L'autre jour je t'ai parlé de mon Mémorial aux Personnes Disparues, eh bien, c'est la première de la liste. Je voudrais découvrir qui elle est.

Elle s'empara du cliché.

– Rien de plus simple. Il y a un minitel et un fax ici?

VII

Vive Archimède révéla une nouvelle fois son secret. Florence prit place derrière le bureau de Hubert Desmedt et brancha le minitel. Elle se mit en rapport avec une dizaine de serveurs de messageries avant de trouver ce qu'elle cherchait. Elle pointa le doigt sur l'écran.

– Regarde ! L'association « Perdu de Vue » a dressé une liste nationale, classée par année, des personnes disparues. Ils assurent une permanence 24 heures sur 24, et disposent d'un fichier photographique... Ils nous demandent de faxer notre cliché pour procéder aux recoupements. On tente le coup ?

– Vas-y, on verra bien.

Ils ne quittèrent pas l'écran des yeux au cours des

deux heures suivantes malgré les demandes pressantes des officiels qui avaient retrouvé la trace de l'auteur de *Traverse n° 28*. La réponse s'afficha un peu avant minuit :

CATHERINE GAVELLE, *née le 11 juin 1966 à Montreuil, domiciliée au 167, avenue Jean-Jaurès à La Courneuve, sans profession, disparue le 27 septembre 1985 entre Paris et Amsterdam. Jamais signalée.*

Bertrand Lemoens rassembla tout son courage pour composer le numéro de téléphone qui suivait. La voix d'un homme vaincu répondit à son appel.

– Excusez-moi de vous déranger à cette heure-ci... Je suis bien chez M. Gavelle?

– Oui... Il n'y a pas de mal, je ne dormais pas. Que voulez-vous?

– C'est au sujet de votre fille...

L'homme dut sursauter. Il cria presque.

– Vous avez des nouvelles?

– Non, seulement une photo qui date de fin septembre 1985... Elle participait ou elle assistait à une manifestation de sidérurgistes à Trith-Saint-Léger, près de Valenciennes... Vous le saviez?

Le père de Catherine renifla.

– Non, vous me l'apprenez. Elle avait décidé de monter à Amsterdam, en auto-stop, et tout ce qu'il y a de sûr c'est que plusieurs personnes l'ont vue le 27 septembre au matin à l'entrée de l'autoroute du Nord, au Bourget. Vous pouvez me dire les choses... Cela fait sept ans que je monte la garde auprès du téléphone, et je n'ai plus aucun espoir de la revoir vivante.

Bertrand respira profondément.

– Pardonnez-moi, monsieur Gavelle, j'ai simplement retrouvé cette photo. Rien de plus.

– Qui êtes-vous?

– Je ne peux pas vous le dire maintenant... Je vous promets de vous rappeler au cours des prochains jours.

Il raccrocha et baissa la tête, incapable de supporter le regard inquisiteur de Florence. La jeune femme vint se planter devant lui.

– Qu'est-ce que c'est que cette histoire? Tu ne m'as pas tout dit...

Bertrand Lemoens fouilla au fond de sa poche. Il jeta la chaîne et le pendentif sur le bureau.

– La semaine dernière, la veille de mon passage à *La Voix du Nord* je me suis promené dans les friches d'Usinor, le long des hauts fourneaux... J'étais à la recherche d'éléments pour composer ma sculpture. C'est là que j'ai ramassé la traverse... En fouillant dans les détritus j'ai déterré ce collier-là. Il y avait comme des ossements autour... Je n'ai pas osé aller en parler à la police, et quand je suis repassé, le lendemain matin, tout le secteur avait été rasé par les bulldozers. Je ne pense qu'à cela depuis dix jours, alors rends-toi compte du choc que ça m'a fait en voyant la petite croix égyptienne au cou de cette gamine...

Florence se pencha pour l'embrasser. Ils montèrent dans le grenier, et entre ses bras il se libéra un instant des silences, des mensonges, de toute l'angoisse accumulée, tandis que le parc du centre Andy-Warhol résonnait des échos de la fête.

VIII

Le lendemain à midi Hubert Desmedt invita tous les « créateurs-exposants » (ainsi que les désignait *Nord-Matin* dans son compte rendu de l'inauguration) à déjeuner dans un des restaurants de la gare routière de Prouvy. Il prit la tête de la petite caravane de voitures et emprunta une route interdite qui longeait la SMAN, une usine de montage de boîtes de vitesses. De l'autre côté du chemin, des pilotes intrépides profitaient du beau temps pour tester toutes les possibilités de leurs U.L.M. au-dessus des pistes herbues de l'aérodrome de Valenciennes-Denain. La zone de dédouanement était constituée d'une marée de baraques en préfabriqué abritant les bureaux des transporteurs, des transitaires, des entreprises de maintenance, de pièces détachées. Plusieurs centaines de camions occupaient les immenses parkings numérotés, et ils eurent la chance de trouver à se garer vers le secteur des restos, face au centre des Abrasifs et Dérivés. La salle, murs et plafond recouverts de lambris sombre, était assez vaste pour recevoir des noces de quintuplés. La patronne leur avait réservé une longue table près de la fenêtre donnant sur les aires de stationnement. Bertrand Lemoens s'installa en bout de table, à côté de E5/A1 et face à Brigit Frerick qui semblaient s'être disputés et échangeaient des œillades assassines. Le Danois commença à dépiauter toutes les rondelles de pain de la corbeille et entreprit de donner forme humaine à son tas de mie alors que son vis-à-vis se calmait les nerfs au vin rouge.

Bertrand commanda un œuf mayonnaise. Sa fourchette s'apprêtait à cueillir la première bouchée quand un camion au nez aplati vint s'arrêter à trois mètres de la vitre. Le regard de Bertrand se fixa sur la calandre décorée d'une sorte de tour Eiffel disgracieuse sous laquelle couraient les lettres majuscules MAN. Il suivait des yeux le conducteur qui traversait la salle et allait s'asseoir au milieu d'une équipe de routiers. Il se leva et le rejoignit.

– Pardon, je viens de vous voir arriver avec votre camion...

Le type se mit à rire.

– On ne peut rien vous cacher ! Et alors, je gêne ?

– Non, pas du tout... J'ai vu qu'il y avait marqué MAN... C'est quoi ?

Il se renversa sur le dossier de sa chaise.

– Elle est bonne... C'est comme si vous me demandiez : « C'est quoi Renault, c'est quoi Mercedes »... Man, c'est la marque.

Bertrand ne se laissait pas démonter par le ton ironique du chauffeur.

– Et pour cette marque, c'est toujours MAN... Je veux dire... Est-ce qu'il y a des modèles qui s'appellent King Man, Hard Man, Super Man...

– Non. C'est tout du Man, du Man Turbo, du Man Diesel mais du Man avant tout... Mais c'est pour quoi à la fin, tu bosses pour l'Ifop ou pour Surprise-Surprise ?

– Désolé, ni l'un ni l'autre. J'avais simplement

entendu parler d'un BLECK MAN et je voulais savoir ce que c'était...

La serveuse de *L'Escale* posa un énorme plat de coq au vin au milieu de la tablée. Le routier retint Bertrand par la manche.

– Il fallait le dire tout de suite... Bleck ce n'est pas un modèle de camion Man, mais l'indicatif d'un chauffeur sur la fréquence C.B. Il pilotait un Man dans les années 80. Qu'est-ce que tu lui veux à Bleck ?

– Rien de particulier... Le voir et lui parler...

– Il t'a fait des embrouilles à toi aussi, c'est ça ? Allez, tu peux cracher le morceau, ici il n'y a pas une table à laquelle il pourrait s'asseoir sans couper l'appétit de ses voisins.

Bertrand cligna des yeux, comme pour approuver. Le routier haussa le ton pour s'adresser à tous ceux qui avaient pris place autour de la table.

– Hé, les gars, vous savez si Bleck doit passer par ici prochainement. Il y a un type des impôts qui insiste pour lui remettre un trop-perçu !

Quatre ou cinq routiers faillirent s'étrangler en mariant rire et ingestion de pâtes fraîches. Un petit rougeaud bedonnant appuya ses mains sur le bord de table.

– Il passe dédouaner son chargement sur le coup de trois heures tous les vendredis après-midi avant de remonter sur Anvers... En ce moment il conduit un 38 tonnes Renault-Turbo pour Satexol.

Bertrand Lemoens demeura encore quelques instants près des chauffeurs. Il comprit que Bleck focalisait toute la haine de ses collègues, qu'il passait sa vie dans sa cabine en solitaire, acceptant des transports dangereux sans garantie, bourrant toujours comme un dingue, doublant à l'approche des péages, ne s'arrêtant jamais pour prêter main-forte à un chauffeur en panne...

A la fin du repas il prétexta une course à Valenciennes pour ne pas suivre la petite troupe qui rentrait vers Trith-Saint-Léger. Il grimpa dans sa Volvo break et vint la garer sous la plaque bleue du centre de dédouanement. Le semi-remorque aux flancs duquel éclataient les lettres fluo de Satexol pointa son nez moins d'une heure plus tard. Le conducteur manœuvra en marche arrière pour placer la cabine à l'ombre des platanes. Il descendit. C'était un type d'une bonne quarantaine d'années, râblé. Il remonta les manches de sa chemise sur des avant-bras musclés et ouvrit les portes de la remorque. Bertrand s'emplit les poumons et trouva le courage de venir se placer près de lui. Il plongea la main dans sa poche de veste et sortit la photo de Catherine Gavelle.

– Vous la reconnaissez ?

Tout d'abord Bleck toisa Bertrand, sans prêter attention au cliché. Ses traits se figèrent quand il rencontra le regard de la jeune femme.

– Qu'est-ce que tu viens m'emmerder avec ça, je ne vois pas de quoi tu veux parler... Dégage.

– Non, pas tant que vous ne m'aurez pas expliqué pourquoi elle a gravé votre nom et la marque de votre camion avant de mourir...

Bleck posa le pied sur la marche de son Renault. Il tira la porte et se baissa pour saisir une batte de base-ball cachée sous le siège.

– Je t'ai dit de dégager et je n'aime pas me répéter. Encore un mot et je te défonce le crâne. Je n'ai jamais vu cette môme, tu comprends ? Jamais !

Bertrand Lemoens battit en retraite. Il vint se placer près de la porte de sa Volvo et brandit la photo vers le routier.

– Je ne sais pas encore pourquoi, mais je suis persuadé que c'est vous qui l'avez tuée, il y a sept ans, en jetant son corps dans les tuyaux d'aération d'Usinor... Je ne vous lâcherai plus...

Il s'installa au volant. Le moteur toussota une dizaine de fois avant de consentir à ronronner. Il prit la rue Lefrancq, en direction des entrepôts Mécanescaut, sentant confusément une présence dans son dos. Il jeta un coup d'œil au rétroviseur. Le rectangle de glace était entièrement occupé par un détail du radiateur du semi-remorque Renault. Son pied écrasa l'accélérateur. L'aiguille, au compteur, s'éleva lentement vers le chiffre 100 pour ne plus en bouger. Le camion tentait maintenant un dépassement. Le pare-chocs du poids-lourds frotta sur son aile arrière gauche. Bertrand Lemoens négocia le virage de l'aérodrome en contrebraquant pour éviter de se retourner dans le fossé. Les pneus de la Volvo patinèrent sur l'herbe du talus quand il s'engagea vers la déviation. Derrière, Bleck jouait son va-tout. La calandre du Renault défonça la porte arrière du break. Bertrand parvenait à conserver la maîtrise de sa voiture malgré les monstrueux à-coups. Il repassa en troisième pour redonner un peu de punch au moteur et, juste après le virage qui le masquait, il s'engagea sous le pont surbaissé qui évitait la nationale. Derrière lui il y eut d'abord un hurlement de freins puis la cabine du Renault se fracassa contre le tablier du pont. Elle vola en éclats. La remorque lestée de son chargement se mit en travers de la route et vint s'écraser sur la pile gauche.

ÉPILOGUE

Les pompiers de Trith-Saint-Léger passèrent une partie de l'après-midi à découper les tôles acérées du Renault pour parvenir à désincarcérer le conducteur. Un chirurgien venu de Valenciennes opérait simultanément le blessé, et c'est un homme amputé d'une jambe qu'on plaça sur une civière à la nuit tombante. Bertrand, appuyé à la balustrade du pont, observait la ferraille disloquée en se disant que dans les accidents les corps se mutilent en érigeant leur propre monument. Florence le rejoignit alors que les dépanneuses dégageaient la route.

Bleck avoua une semaine plus tard qu'il avait rencontré Catherine Gavelle le 27 septembre 1985 en début d'après-midi devant la station Antar de la gare routière de Prouvy. Elle venait de quitter un camion qui l'avait chargée au Bourget, à l'entrée de l'autoroute du Nord. Elle désirait monter sur Amsterdam et il avait proposé de l'avancer jusqu'à Anvers où il partait le soir même. Ils s'étaient donné rendez-vous à sept heures, au même endroit. La jeune femme était allée faire des courses à Trith où elle avait croisé la manifestation. Ils s'étaient retrouvés le soir, comme prévu, et il l'avait violée sur l'aire de repos de l'échangeur Valenciennes-Ouest. Catherine ne s'était pas laissé faire. Elle s'était défendue jusqu'au bout et le routier pensait l'avoir tuée en la bourrant de coups. Il avait attendu la nuit pour venir stationner près de l'entrée de l'usine assoupie et cacher le corps de la jeune femme loin à l'intérieur des tuyaux d'aération en cours d'installation. Catherine était vraisemblablement sortie du coma un jour ou deux plus tard alors que les ouvriers avaient terminé leur travail, et elle avait rassemblé assez de force pour dénoncer BLECK MAN, son assassin, sur le mur sans fin de son cercueil métallique.

Tu as toujours raison...

Le toubib souleva l'ardoise métallique accrochée aux barreaux du lit. Il jeta un regard furtif au type assommé par les sédatifs dont la tête rejetée en arrière émettait un sifflement rauque. Il ne put s'empêcher de grimacer. Il quitta la chambre sans prononcer un mot. L'assistant, un grand escogriffe boutonneux qui avait été affecté au service du Pr Nivelle depuis moins d'une semaine, se porta à sa hauteur.

– Qu'est-ce que je note pour lui... Je n'ai pas entendu...

Nivelle se força à lever le menton.

– J'ai pourtant pensé assez fort pour que ça arrive jusqu'à vous ! Notre rôle se limite à calmer la douleur... Pour lui, il n'y a plus rien d'autre à faire...

L'assistant inscrivit les directives sur son cahier, à la page réservée à Jean-Yves Pontièvre que des millions de fans, à travers le monde, ne connaissaient que sous le nom de Franky Donegan.

Peu de gens savaient qu'avant de mener l'une des plus longues carrières du show-biz, Franky avait débuté dans le métier comme batteur remplaçant. Au tout début des années 60 il écumait les salles de bal, les tivolis des deux Charentes, de Gironde, planqué derrière le chanteur de tubes, le bassiste et l'accordéoniste. Des lettres d'argent brillaient sur la grosse caisse et sur les flancs gondolés du H.Y. Citroën : « Silver Stars. » Quelquefois des danseurs cocos éméchés faisaient méchamment remarquer que les initiales S.S. n'étaient pas du meilleur goût. Ils étaient bien rodés et leur demandaient ce qu'ils avaient contre la Sécurité sociale. Ça se terminait à la buvette, devant une bière. Franky avait rencontré la première chance de sa vie à Angoulême dans une petite boîte de la rue des Ramberges, le Pirot's Club. Les Silver Stars passaient en première partie d'un groupe yéyé, El Toro et ses Cyclones, qui capitalisait dans la France profonde le succès de son premier quarante-cinq tours, *Le Vagabond.* Le batteur, Charlot, un petit brun chaud de la pince, s'était évaporé au bras d'une Charentaise. Le guitariste se marrait, disant qu'il avait trouvé chaussure à son pied... C'est lui qui était venu trouver Franky Donegan pendant une pause entre un slow d'Olivier Despax et une reprise laborieuse du *How Do You Do It* de Gerry and the Pacemakers.

– El Toro panique complètement... Si Charlot ne se pointe pas, on baisse le rideau... C'est pas le bassiste, bourré comme il est, qui va réussir à imposer le rythme... Tu peux nous filer un coup de main, au cas où ? On te revaudra ça...

Le chanteur des Silver Stars s'était mis à taper du pied. Un, deux, un deux, trois... Franky avait répondu en gueulant pour couvrir le roulement sur la caisse claire.

– O.K. Tu peux compter sur moi...

Le type allait s'éloigner.

– Comment tu t'appelles ?

– Jacques Dutronc. Et toi ?

– C'est has-been comme blaze ! Tu devrais te ricaniser... Moi c'était Jean-Yves Pontièvre. Je me suis rebaptisé Franky Donegan...

Charlot avait pointé toute la soirée dans un hôtel du centre-ville, et, sans le savoir, avait fait le bonheur de deux personnes à la fois. Franky avait tenu son rôle à merveille, un coup par-ci, deux coups par-là... Le fait de flirter avec la vraie gloire avait eu pour effet de démultiplier son envie de croquer un morceau du gâteau. Le guitariste aux yeux délavés lui avait refilé une série d'adresses, de numéros de téléphone où il lui suffisait de se présenter de sa part. En fait la galère avait duré presque une année. Il y avait pléthore de batteurs, surproduction de rouleurs de tambour. Tous les mômes de banlieue avaient la rage au cœur et ne rêvaient que de serrer leurs poings sur des baguettes pour cogner de toutes leurs forces sur des peaux de vache. Une nuit, au Golf Drouot, il avait poussé la chansonnette. C'était l'anniversaire d'une fille pour laquelle il remuait de la queue. Il avait attaqué *It's now or never* d'Elvis, a capella. Tout le monde s'était arrêté de parler dès la deuxième phrase musicale. Un Silver Star était mort, un chanteur était né.

Ensuite tout était allé très vite. Un manager des disques AZ l'avait pris sous son aile. Trois semaines de cours de chant, un mois pour apprendre un répertoire de crooner-rocker puisé dans des adaptations faites à la serpe de hits anglais ou américains : Tony Bennett, Harry Belafonte, Pat Boone, Yardbirds, Herman's Hermits... On l'avait mis au « lavabo » intensif, procédé qui consistait à dire l'anglais en phonétique, et que d'autres appelaient « yaourt ». Il avait débuté par *Ze Lait Teure* des Box Tops.

Plise miss terre cane tiou si
Ave got tou guait bac
tou maille bébi once Maure.

A la rentrée, *Salut les copains* lui consacra une interview bidon destinée à installer sa personnalité.

Malgré son nom qui pourrait faire penser le contraire, Franky Donegan a toujours vécu en France. Son père est en effet un pilote de chasse américain affecté juste après la guerre à la base aéronavale de Châteauroux. Franky se rend chaque année dans sa famille, en Arkansas, et c'est de là qu'il nous ramène les titres exceptionnels qui le placent, d'emblée, parmi les plus grandes révélations de ces dix dernières années.

En moins de deux ans c'est plus de trois millions de disques de Franky Donegan qui s'étaient mis à tourner sur les Tepaz, les Op'phone, les Lesaphon 203, les VMS 1006 de France. On voyait sa photo dans toutes les gazettes, il déclinait ses goûts en matière de voitures, de filles, de cuisine sur *Europe 1.* Denise Glaser l'invitait à Musicorama dans la même émission que Jacques Brel. Il ne s'offusquait pas quand elle demandait au Grand Jacques son opinion sur Sacha Guitry, et l'interrogeait, lui, sur Sacha Distel. Il jouait son rôle, et encaissait la thune. La produc ponctionnait les neuf dixièmes des rentrées, et il lui fallait ramer pour couvrir les frais de la bande de soiffards éternels qui s'était accrochée à ses basques. Au début des années 70 sa carrière accusa le coup des idées de Mai 68. La courbe des ventes, dans le bureau directorial, ressemblait au piqué d'un F 16 américain sur Hanoi. De nouveaux paroliers furent mis à contribution, mais le public bouda le virage hippie du chanteur. Son disque *Guerre à la guerre* ne parvint même pas à se classer au hit-parade de *Salut les Copains* malgré toutes les combines des cadors de chez AZ. L'humiliation grandeur nature. Les copains de bamboche ratissaient les derniers sous, on vendait la Lamborghini, la propriété de Saint-Trop pour faire face aux créanciers, pour payer les pensions alimentaires des deux femmes laissées sur le bord de la route pour la gloire... C'est à ce moment que Franky Donegan fit la seconde rencontre importante de sa vie après celle du guitariste de El Toro et ses Cyclones.

Régis Filoche était un type d'une trentaine d'années, taciturne. Il bossait au magasin de AZ, passant sa vie à préparer les commandes des disquaires, à remplir les fiches de stocks, à dresser les inventaires, à calculer les courbes de ventes mensuelles. C'était un admirateur sincère de Franky Donegan. Il le suivait depuis ses débuts et lui était reconnaissant d'avoir apporté une touche de professionnalisme dans un monde où seul comptait l'appât du gain, et où l'on prenait trop souvent les étoiles filantes pour des soleils immémoriaux. Il se désolait à la vue des piles immobiles de *Guerre à la guerre.* Un jour que Franky rôdait dans les couloirs dans l'attente d'un rendez-vous, grillant cigarette sur cigarette, Régis se décida à aller contre sa nature de timide. Il respira à s'en faire péter les poumons et vint se planter devant le crooner aux abois.

– Excusez-moi de vous embêter, monsieur Donegan, mais je crois qu'on se trompe sur votre cas...

Il sentit la fièvre lui envahir le visage et il rassembla tout son courage pour lever les yeux.

– Qui tu es, toi, je t'ai déjà vu quelque part ?

– Je travaille au magasin, et je vois bien que votre dernier disque ne décolle pas... Vous n'auriez pas dû enregistrer ces conneries... Même Johnny se serait planté avec des textes pareils...

Franky Donegan écrasa sa quinzième Marlboro de la matinée du bout ferré de sa santiag mexicaine.

– Tu es le deuxième à avoir la franchise de me le dire...

– Qui c'était le premier ?

– Moi ! Mais qu'est-ce que tu veux (il pointa le doigt vers le bureau dictatorial), c'est eux qui décident...

– Je crois que j'ai une idée pour vous, monsieur Donegan...

– Une IDÉE ! Je crois que je n'ai jamais entendu ce mot-là depuis que je bosse pour cette boîte. Va chercher ta veste, je t'engage !

Après son rendez-vous Franky récupéra Régis. Ils s'installèrent sur les sièges plein cuir de la dernière Ferrari du chanteur.

– Je suis viré ; ils ont dénoncé mon contrat...

– Qu'est-ce que vous allez faire ?

– T'inquiète pas pour moi. Qu'est-ce que tu avais à me proposer ?

– J'ai tout un tas de disques qui m'arrivent en direct des États-Unis, des choses formidables qui ne seront jamais distribuées sur le marché français... Il y a au moins cinquante titres pour vous...

– Où elles sont, ces merveilles ?

– Chez moi...

– Et tu habites où ?

– A La Courneuve, dans la tour des 4 000...

Quand la voiture rouge se gara sur le parking, devant le centre commercial, ce fut l'attroupement. Une centaine de gamins firent le cercle autour de la bagnole. Pas un seul ne leva son regard vers le chanteur. Régis et Franky passèrent le reste de la journée à écouter Sugar Blue, Sam Cooke, Jimmy Witherspoon, John Lee Hooker, Buddy Guy et Clifton Chenier.

Donegan flasha particulièrement sur le *Baby, You're Right* de Joe Tex dont il ne connaissait que la version funky de James Brown.

– Purée, tu as l'oreille, Régis ! C'est exactement mon timbre, ma couleur... C'est ce sillon-là que j'aurais dû creuser depuis des années au lieu de me déguiser en « Love and peace » ! Il faut me faire traduire une douzaine de textes, pour un album, et me trouver un arrangeur qui sente cette musique... Pas un requin... Je veux un mec qui flaire...

– D'accord. Je me débrouille pour trouver une maison de disques...

Franky fronça les sourcils.

– Je peux m'en occuper...

– Non, ils savent tous que tu es sur la paille... Prenons le temps de nous préparer. Quand on aura la maquette d'un titre, ils viendront tous nous manger dans la main.

– Tu as raison... Tu as toujours raison...

C'était de ce jour qu'était né son surnom : Régis « Tu as toujours raison ».

Rock and Blues sortit en février 1973 et fit l'effet d'une bombe. Tous les critiques parlaient d'une renaissance, voire d'un miracle. Franky chanta une semaine pleine à l'Olympia, à guichets fermés. Il eut même droit à son premier article dans *Le Monde*. Bernard Eudouce le comparait à Ray Charles, à Elvis Presley, poussait jusqu'à Aretha Franklin, pour l'abattage, et se demandait si une version anglaise de l'album n'aurait pas été encore supérieure. Le fric revint en masse dans les poches de Franky et la meute des soiffards repointa le nez. Les ex de la star présentèrent les factures des frais d'éducation des trois mômes résultant de ses parties de jambes en l'air sans filet de protection. Régis éloigna les opportuns, fit taire les apprentis maîtres chanteurs, renégocia les pensions alimentaires. Donegan ponctuait chacune de ses décisions d'un « Régis, tu fais comme tu le sens. Tu as toujours raison ». Ils ne se brouillèrent qu'une fois, quand Franky se prit de passion pour les graffiti de chiottes. Au début il les recueillait sur un calepin et faisait marrer les invités lors des déjeuners de presse. Du genre :

Johnny for President !

complété par

and Luis Mariano for Queen !

ou

Gardez votre ville propre

suivi d'un

Allez chier à Versailles !

La manie avait pris des allures démentielles quand il s'était mis en tête d'acheter le mur où figurait un graffiti génial :

No Smoking
but salopette Yes !

de faire démonter et de se constituer un musée personnel de l'inscription de chiottes ! Il descendait dans tous les sous-sols puants, faisait les toilettes dames, les toilettes hommes, et s'il trouvait son bonheur il sortait une liasse de biftons grosse comme un bottin, achetait le mur et demandait à Régis de faire venir les ouvriers dès le lendemain matin. Régis l'avait convaincu de se contenter de faire prendre des photos par un photographe connu mais dont l'anonymat était stipulé par contrat. Cette lubie le tint en haleine pendant deux ans et se termina avec une pensée recueillie au *Chien qui fume,* à Aubervilliers, un soir de juin 1976 :

« A bas les Liquidateurs de Biens,
Vive les Durcisseuses de Mâles ! »

Régis ne put s'empêcher de triompher en constatant que la période de la littérature de latrines touchait à son terme.

– Je te l'avais bien dit...

– Tu as toujours raison, Régis, mais, quelquefois, c'est juste un peu trop tôt... J'ai envie de penser à autre chose qu'à la scène...

Au cours des quinze années qui suivirent, Franky Donegan enregistra huit albums et fit une moyenne de cent concerts annuels. Il filait le plus parfait amour avec Caroline, la présentatrice de « Hit News », une émission télé consacrée à la chanson, mais avait résisté au passage devant M. le Maire, sur les conseils avisés de Régis. Le malheur s'abattit sur lui sans crier gare. Une fatigue intense lui plombait les épaules. En moins d'une semaine il s'était retrouvé rivé à un lit de clinique privée, le corps ausculté dans ses moindres recoins par les analystes, les radiologistes, les scanneristes. La presse bruissait de rumeurs de sida.

Régis attendait dans le hall. Il se précipita vers l'homme en blanc.

– Quelles sont les nouvelles, professeur ?

Nivelle baissa la tête et fit un geste de la main en direction du grand escogriffe qui le suivait à deux pas. Régis réitéra sa question. L'assistant chercha de l'air frais, dans les hauteurs.

– Ce n'est pas fameux, pas fameux du tout...

– Ça veut dire quoi ? Il s'en sortira ou pas ?

– Je crains qu'il n'y ait plus beaucoup d'espoir... Le cancer est entré dans une phase terminale...

Régis se laissa tomber sur un siège de la salle d'attente, ses mains se plaquèrent sur son visage et il se mit à pleurer, par saccades, comme un enfant. A un moment il sentit une main sur son épaule. Il essuya son regard et vit le visage de Caroline, en gros plan.

– Ça va Régis ?

Il la serra dans ses bras.

– Pas trop... Ils m'ont dit qu'il n'y en avait plus pour longtemps...

Elle se dégagea de l'étreinte. Un cameraman et un preneur de son venaient de fixer la scène, pour l'éternité. Il ne trouva pas le courage de réagir. Caroline s'était assise près de lui.

– Régis Filoche, vous étiez le meilleur ami de Franky Donegan qui vient de succomber à une terrible maladie... On dit même que c'est vous qui êtes à l'origine de sa nouvelle carrière...

Il leva la main devant l'objectif.

– Sois gentil, Régis... Qu'est-ce que ça change ?

Elle se tourna vers son équipe.

– Allez, on se la refait.

Régis raconta la mévente de *Guerre à la guerre*, la visite à l'appartement pourri des 4 000, le musée des graffiti... L'amitié qui le liait à celui qui venait de mourir... Caroline tenait son scoop.

Quinze jours après Franky était toujours du bon côté du registre d'état civil. Mieux, il remontait la pente, à la stupéfaction des toubibs. Nivelle laissait entendre qu'il y était pour quelque chose. Au bout de trois mois on l'autorisa à rentrer chez lui. Il ne pesait plus que cinquante kilos, ne se déplaçait qu'avec un déambulateur et prenait une boîte pleine de smarties de chez Pasteur à chaque repas. La petite Caroline avait fait ses valises, peu désireuse de jouer les marraines de cancer. Elle s'était trouvé un chanteur remplaçant, un petit minet qui jouait au dur. Ils étaient venus tous les deux voir Régis, pour négocier une indemnité de rupture que Caroline chiffrait à deux cents patates. Régis les avait foutus à la porte en les traitant de viandards.

La semaine suivante le facteur apporta une cassette avec la pile de courrier des fans souhaitant un prompt rétablissement à Franky Donegan. Régis s'était absenté pour trouver une nouvelle infirmière de nuit. Le chanteur glissa la cassette dans le magnétoscope. Le visage ravagé par les larmes de Régis sur une chaise d'hôpital, les premiers mots difficiles à venir, et puis la nécro, chapitre par chapitre...

« Oui, en effet, c'est moi qui ai eu l'idée de faire écouter du blues-rock à Franky... Vous ne pouvez pas savoir comme il *était* capable d'enthousiasme... »

Tout ce qui était dit était exact, amical, la seule chose qui clochait, c'était les passés simples et les imparfaits...

Quand Régis ouvrit la porte, la première chose qu'il vit, ce fut son image sur l'écran télé.

Il se précipita vers Franky. La bouche décharnée du chanteur s'anima douloureusement pour un dernier :

– Tu as toujours raison, Régis...

La balle fut plus rapide que le cancer.

Journal sur Seine

Paris s'est toujours insinué dans sa périphérie. Un voyage sur la Seine, passé les lumières de la Défense, vous montre les cicatrices des « communs » de la ville-phare. Vestiges d'usines, friches envahies par les herbes, cités-ghettos, tracés rectilignes et inhumains des autoroutes, une banlieue-déchirure, une banlieue meurtrie aux cris étouffés là, et là seulement, par la ligne ondulante du fleuve, la procession intemporelle des péniches, la végétation. De loin en loin, une berge domestiquée en square, une île-courts de tennis, une fresque sponsorisée par un promoteur, les fondations d'un port de plaisance. Non pas les prémices d'un aménagement respectueux, mais celles d'un effacement, d'une reconquête.

VIDÉOTHÈQUE DE PARIS, 28 SEPTEMBRE 1988

CONNEXION-FIN... RECHERCHE... Je tape mon mot clef : « ILE ». L'écran s'anime, 79 réponses. Je tape « 1 » puis ENVOI. *Paris la Belle* de Pierre Prévert, scénario de son frère Jacques, avec Marcel Duhamel dans le rôle d'un facteur livrant des Séries noires. VISIONNAGE. Des images couleurs de 1958 répondent à celles de Man Ray tournées trente ans plus tôt. Soudain l'enseigne d'un garni *Le Château tremblant,* des visages d'ouvriers, une locomotive à vapeur sur un pont métallique, le reflet de la scène dans les eaux noires du bassin de la Villette. Une voix off : « Bidonvilles d'Auber, de Nanterre, somptueuses villas d'ouvriers algériens... »

Mémoire de l'eau, nostalgie. Mes souvenirs ne sont pas dans les films, mais c'est pourtant sur la pellicule que je les retrouve.

PONT D'IÉNA, JUIN 1986

J'embarque pour un voyage auquel je ne crois pas. Un chalutier breton dans l'ombre de la tour Eiffel met le cap sur Gennevilliers, à rebours des bateaux-mouches aux flancs bardés de projecteurs. Nous contournons l'île Saint-Germain sur les berges de laquelle Henri Colpi avait planté ses caméras en 1961. *Une aussi longue absence* dialogué par Duras. On lui reprochait tellement, au vu des rushes, le nombre de péniches encombrant l'écran qu'il se résolut à doubler chaque scène : une prise avec péniches, une prise sans. Au montage on ne conserva naturellement que la première série. Pour cause de poésie.

Après l'île-usine, Renault, comme une statue de César, l'envers d'une guinguette *A la Pêche merveilleuse* écrit gros dans la céramique avec en plus petit le sous-titre *Annexe de la Pêche miraculeuse.* Regrets de parties de campagne... Les berges gardent les traces du temps. On ne repeint que les façades. Des pans de murs crient toujours en lettres blanches « O.A.S. S.S. », « S.K.F. VIVRA »... Au bord de l'eau les usines Marcel Dassault se nomment encore Ateliers Louis Blériot.

A l'approche de l'île de la Grande-Jatte, les bateaux-lofts se font plus nombreux. Neuilly-Pieds dans l'eau. Pour un radeau portant une caravane, vingt péniches réaménagées. L'argent qui flotte. La soute à charbon nettoyée, récurée, désodorisée, débaptisée, accueille des cocktails. On ne pense plus au travail mort.

PONT-NEUF, 6 SEPTEMBRE 1985

Ce jour-là les couturiers-alpinistes de Christo emballaient le Pont-Neuf tandis que trois ponts plus loin, près de la Concorde, les mariniers bloquaient la Seine. L'homme s'est appuyé sur le toit de la cabine de conduite, le visage près de la bouée marquée *Laetitia.* « Je fais un voyage par mois au maximum... Il y a encore dix ans, Paris était un grand port, avec les Magasins généraux, le bassin de la Villette, le quai de la Gare... je descendais l'Escaut, le canal du Nord, l'Oise, la basse Seine avec du café, de la farine, du malt à ras bord. Aujourd'hui c'est devenu une rivière à bateaux-mouches ! »

LA GRANDE-JATTE, JUIN 1988

On accède à l'île depuis le pont de Courbevoie qui la scinde en son milieu. A une pointe, face à la Défense, le temple de l'Amour édifié par Louis-Philippe est protégé par des grilles. A l'autre pointe les usines, les hangars désaffectés s'effondrent sous les coups de boutoir les bulldozers. On aménage un parc. Sur tout le corps de l'île les résidences ont remplacé les baraques des mariniers, les agences de pub ont effacé les ateliers de réparation... Des restaurants mode miment les guinguettes.

Jatte, île domestique...

Mais, pour quelque temps encore, il est possible de se faufiler entre deux maisons, d'accéder à la berge pour y voler un coin de paysage, une impression de liberté, de se surprendre à siffloter, après Gabin, l'air de *La Belle Equipe.*

DOCKS DE SAINT-OUEN, JUILLET 1988

La rue des Bateliers à Saint-Ouen est un lieu d'apocalypse. C'est là que sont incinérées chaque année cinq cent cinquante mille tonnes de déchets parisiens. Les cheminées monstrueuses de l'usine de traitement des ordures ménagères font face à celles, gigantesques, du chauffage urbain. Plus loin se dressent les hauts murs de l'Alsthom, comme un rappel des fortifications.

Dans la zone des docks, près du bassin, entre les Huileries et la Sernam, des hommes en salopette blanche collent des affiches sur les flancs d'une armée de camions publicitaires : GYMNEZ AVEC MOI.

ILE DES VANNES, MAI 1969

Il y a quelques milliers d'années, la Seine coulait sur un front de cinq kilomètres. Des oiseaux arc-en-ciel se posaient sur les palmiers de l'île Montmartre, de l'île de Chaillot, de l'île de Belleville, et observaient, dans l'eau claire, les évolutions hésitantes des langoustes géantes. Puis d'autres terres sont apparues et de la même manière que la Jatte est la réunion de trois îles, l'île Saint-Denis, à l'origine, se composait des îles du Chastellier, des Vannes, de Saint-Denis et du Javeau. L'île des Vannes se confond aujourd'hui avec le complexe sportif qu'elle supporte. Deux arches de béton inclinées qui abritent des terrains de jeux et une piscine que nous privatisions en bande, le dimanche après-midi aux heures de fermeture, grâce à la complicité de Cadin, un ami plombier chargé de la maintenance des installations.

C'est près d'ici que se tenait *Le Moulin de cage,* une guinguette où Jean-Baptiste Clément passa une grande partie de son enfance, au temps des cerises.

ILE SAINT-DENIS, DÉCEMBRE 1987

Il y a un siècle et demi, se pressant sur les quais, les bateaux-lavoirs, les bateaux-bains, la foule regardait passer au fil de l'eau la dépouille mortelle de Napoléon Ier l'Insulaire.

La ville est ramassée au centre de l'île, un boomerang épousant parfaitement la courbe de la Seine. A droite le quai de la Marine, où habitait Ravachol, file vers le parc édifié sur l'emplacement de la plus gigantesque casse de voitures de la région. Les engins de terrassement font pousser des collines que l'on enferme aussitôt derrière des grillages. Il faut être curieux pour dénicher les vestiges d'une guinguette centenaire, *La Ferme*, promise aux démolisseurs, et dont la façade aujourd'hui aveugle s'orne d'une tour Eiffel. On y entreposait les pneus, les huiles de récupération...

A gauche le quai du Châtelier et la barrière interminable des entrepôts du Printemps, des Galeries Lafayette. Le terminal d'Unibéton enjambe la route et surplombe le ponton auquel plus une péniche ne s'amarre. Juste à côté le portail de la fabrique de parfum s'ouvre chaque jour pour laisser entrer les bennes débordant de résidus de boucherie que harcèlent des centaines de mouettes repues.

Quelquefois, au hasard de la promenade, un cadrage restitue, sur les berges d'Epinay, l'ambiance des tableaux de Sisley accrochés aux murs d'Orsay.

Le canal Saint-Denis prend naissance à deux pas, près des Chantiers de l'Atlantique. Au début du siècle des sous-marins rutilants sortaient des ateliers et descendaient la Seine jusqu'au Havre. Quelques péniches s'engagent encore dans le chenal.

« Logiquement, c'est plus court : on évite les boucles... Mais il y a quinze écluses à franchir par le canal, au lieu de la seule écluse de Suresnes, sur la Seine... On s'en sert si on livre dans Paris, ou lors des crues, quand on ne peut plus passer sous les ponts... »

Ils font halte à deux pas de chez moi, à Aubervilliers, là où Martha la Corse, qui dans les années 50 plantait son chapiteau près des Francs-Moisins, sortit vainqueur d'une course à la nage qui l'opposait à un crocodile !

VIDÉOTHÈQUE DE PARIS, SEPTEMBRE 1988

« ILE. » Fiche n° 78. ENVOI... Actualités Gaumont du printemps 1912. VISIONNAGE... J'assiste au lancement d'une barque en bois, *La Mélusine*, depuis les minuscules chantiers navals de Villeneuve-la-Garenne, au creux de l'île Saint-Denis. Cravates, ombrelles et canotiers...

VILLENEUVE-LA-GARENNE, MAI 1988

Les chantiers navals se sont développés et, au bout du quai Sisley, chez Van Den Bossche, chez Van Praët, à quatre kilomètres du périphérique, on construit maintenant des bateaux-mouches, on répare des péniches. Un univers de boue, de rouille, de chaînes, de rails, sillonné par des ouvriers en cuissardes. Après, on bute sur les miradors, les grilles, les barbelés de la S.F.C.N., la Société française de construction navale qui équipe la marine de guerre espagnole en vedettes rapides et dote la Nouvelle-Calédonie de péniches de débarquement. Je m'y introduis en compagnie d'un photographe, à la faveur d'un baptême : le *Saint-Eugène V*, un superbe bateau d'une soixantaine de mètres de long destiné à relier d'autres îles, Saint-Pierre et Miquelon, sort des hangars et s'apprête à glisser vers la Seine.

F.R.3 immortalise le fracas du champagne sur la

coque, les applaudissements de la centaine d'officiels rassemblée sous la toile bleue et blanche. La vedette s'incline, majestueuse, et se plante, à demi immergée, dans la vase amenée par la montée des eaux ! Un remorqueur appelé à la rescousse tire, pousse, et flanque le nez effilé du navire contre la pile du ponton, lui faisant un profil de bec verseur... Le photographe me montre alors l'ancien nom de la C.F.C.N. : « Chantiers franco-belges », proposant de ne badigeonner que le préfixe...

VILLENEUVE-LA-GARENNE,
OCTOBRE 1988

Les chantiers ont hérité d'un bateau à aubes qui pourrissait sur un bord de Tamise. Il se tient sur ses cales tandis que des ingénieurs auscultent ses flancs secs. D'ici quelques mois il achèvera son voyage vers Paris et accostera à la Concorde en qualité de « Musée de l'Edition ».

Tout près la berge se hérisse de plots en béton. On édifie un port de plaisance et un village en bord de Seine. « Port Sisley. » Le promoteur décline ses publicités sur des chevalets de peintre. « Tout est là, tennis, stade, écoles, R.E.R... pour très exactement 33 privilégiés. »

Impression oseille levant !...

AUTOROUTE A-15, MARS 1986

L'autoroute A-86 éventre la banlieue et frôle la tour Pleyel, trente étages d'architecture volontairement rouillée, au sommet de laquelle la croix Bayer tourne sans fin. A Gennevilliers le viaduc de l'A-15 prend son envol au-dessus des six darses du Port autonome de Paris et surplombe des montagnes de charbon, des silos de ciment, des camions-toupies alignés comme des salières, des cuves d'essence, des aires de stockage de baraques de chantier, des trains en partance, des voies en disgrâce et les immenses parkings de Renault-Export. J'y viens la nuit et je me gare une, deux minutes au milieu du pont, sur l'étroite bande d'arrêt d'urgence. Mes feux de détresse calment les miaulements des klaxons.

Personne ne s'arrête jamais.

CHENAL D'ENTRÉE OUEST, OCTOBRE 1988

Il ressemble à Francis Lemarque trait pour trait et creuse la terre avec un pic, à l'extrême pointe du Port autonome désert, face à l'entrée du bassin n° 1. Il relève la tête, inquiet, en me voyant approcher. Je le rassure et désigne les cannes à l'arrière de sa voiture. « Ça mord ? » Il hausse les épaules.

« Quand je trouve des vers, oui... Ils ne réagissent plus qu'à ça... J'arrive à prendre des perches, quelquefois des sandres... Je ne mange rien, c'est juste pour le plaisir : on en voit assez qui descendent le ventre en l'air ! Je n'ai pas confiance. »

ILE DE CHATOU, JUIN 1988

La nationale 190 traverse la Seine sur l'étranglement qui relie l'île du Chiard à celle de Chatou. A gauche les baraquements vert R.A.T.P. de la Foire à la ferraille et au jambon, à droite une série de bâtiments entourés d'échafaudages : on restaure à l'identique la maison Fournaise où s'attablait Auguste Renoir songeant au *Déjeuner des canotiers* ou Guy de Maupassant de retour d'un bain dans le fleuve.

Plus loin la masse sévère du Centre de recherche de l'E.D.F. dernière étape avant un monde abandonné, désolé, qui change de nom aux frontières communales : île Fleurie sur Carrières, île Saint-Martin sur Bezons. Un vieil article de *Libération* parlait d'une clocharde vivant là, dans un trou, et notant sur d'improbables cahiers les minutes de sa vie sans importance. Je la cherchai en vain. Et soudain, au milieu du délabrement, face au port pétrolier de Nanterre, une plage en pente douce, une barque, une balançoire... Une maison de bric et de broc, toute de guingois, abrite une famille portugaise dans l'exact alignement du Louvre, de l'Etoile et de l'Arche de la Défense.

ILE DE CHATOU, OCTOBRE 1988

J'ai voulu revenir et pousser plus loin, jusqu'au pont S.N.C.F. de la ligne de Saint-Lazare sous lequel une communauté d'exclus semblables aux vagabonds de la grande dépression a élu domicile. La ville de Carrières a dressé une grille, des clôtures. Ile interdite pour cause d'aménagement de golf. Je m'apprête à faire demi-tour quand un vieil homme pose son vélo contre un arbre. Deux seaux en plastique accrochés par des ficelles lui tiennent lieu de sacoches. Il sort une clef neuve de sa poche et ouvre l'île ! Je l'aborde. C'est le Portugais de la plage d'où ses enfants partaient chaque matin, en barque, pour rejoindre l'école la plus proche, à Nanterre. La mairie lui a accordé un sursis, le temps des travaux, de même qu'au casseur collectionneur de voitures anciennes et aux habitants du pont.

Propriétaires intérimaires...

Je lui parle de la clocharde. Il me montre l'endroit, près d'un arbre.

« Elle est partie il y a longtemps... Elle était malade. La police l'a emmenée à l'hôpital... Les voisins ont recueilli les chiens... »

Et ses objets, ses cahiers, le livre de sa vie ?

« Les pompiers sont venus, ils ont fait un grand tas et mis le feu... »

La terre, l'eau, le vent, omniprésents dans ces lignes... Ne manquait que le quatrième élément qui annule ce qu'en définitive j'étais venu chercher.

Souvenirs rectangulaires

Tout d'abord, il fallait marcher, remonter l'interminable route de Flandre jusqu'à ce no man's land, cette zone franche qui marquait la défiance qu'avait Paris de sa banlieue. Le périphérique n'avait pas encore effacé les fortifs, et les lumières des fêtes foraines naufragées nous guidaient dans la nuit. On passait sous un pont. Quelquefois les machines à vapeur manœuvraient au-dessus de nos têtes, et le vent rabattait la fumée blanche constellée d'escarbilles. Un bâtiment à la brique sanguine montait la garde au coin du boulevard des Maréchaux, alignant sur son parking les cars trapus pleins de boucliers, de mousquetons, de matraques. Des hommes franchissaient le portail, nuque pliée, mains jointes sur leurs cheveux bouclés. L'entrée de la mine aux plaisirs s'ouvrait à deux pas de là, surmontée d'un plan lumineux et d'un bandeau pris dans une volute végétale : « Porte de la Villette, ligne n° 7. » Je descendais les marches en courant pour être le premier à pousser la lourde porte et sentir sur mon visage le souffle d'air chaud chargé de créosote. Ma mère et mes deux sœurs suivaient en hâtant le pas. Il fallait franchir un autre escalier en frappant du bout des galoches les minces plaques publicitaires placées sur le nez des degrés, et l'on arrivait dans une vaste salle saturée par la lumière chirurgicale des néons. Ma grand-mère, en uniforme bleu, casquette vissée sur la tête, me souriait de loin depuis l'aquarium où elle vendait les billets d'accès au Grand-Huit parisien. J'avais l'impression que tout cela lui appartenait, qu'elle était la capitaine Nemo d'un énorme sous-marin échoué dans les entrailles de la capitale.

Soudain on dominait la rampe de lancement. Je tendais mon ticket en essayant de récupérer le confetti qui tombait en voletant de la pince du poinçonneur. Sur le quai, en attendant le rugissement du métro, je tirais les poignées des distributeurs de confiserie en espérant qu'un miracle se produise. Parfois ma mère glissait une pièce dans le monnayeur. Une boîte ronde de bonbons saveur de pin, parce que c'était bon pour la gorge. Le voyage durait une éternité. Je bloquais mon dos contre le bois de la banquette et mes doigts s'accrochaient à l'armature. Je fermais souvent les yeux pour ressentir toutes les vibrations, les stridences, pour accentuer le plaisir des accélérations, dramatiser le tangage de la voiture, amplifier les sursauts au passage des aiguillages. Les noms magiques de toutes les étapes défilaient derrière la vitre : Corentin-Cariou, Riquet, Crimée, Stalingrad, Gare de l'Est... Très longtemps je n'ai connu de ces lieux que leurs racines. On sortait à Cadet qui ne pouvait être, ah oui vraiment, que le royaume de l'homme aux trois maisons. Paris se résumait à cela : un boulevard sillonné par une multitude de voitures, de bus, une foule disponible, joyeuse, des immeubles fiers illuminés comme des arbres de Noël, un pays sur lequel flottait un parfum de goudron mouillé. Loin, très loin, du ciel bas d'Aubervilliers, de ses façades lépreuses, des lourdes odeurs de viande, de sang, de carcasses, de ses bouffées de soufre et de gaz.

Il ne restait plus qu'à se faufiler entre les 203 et les Tractions, les Frégates et les Arondes, remonter une rue sur quelques mètres et l'on se jetait dans une sorte de passage bas dont les parois étaient illustrées de photos de films. On y collait le nez tandis que ma mère payait les places à la dame de l'aquarium. Elle nous faisait les dernières recommandations d'usage, puis après ce curieux moment où un homme déchirait rageusement nos billets, on entrait dans la salle obscure, par le flanc.

J'avais déjà vu des films, en bande au patronage, dans la grande salle des fêtes du square Stalingrad, mais c'étaient des films pour enfants, des Laurel et Hardy, des Charlot, des dessins animés, *Crin blanc, Le Ballon rouge,* mais c'est dans ce studio du 43, faubourg Montmartre que j'ai eu mes premières sensations de spectateur. Je ne me souviens pas y avoir vu un film en entier. Je restais en éveil un quart d'heure maximum avant que mes paupières ne tombent, fatiguées de s'être trop écarquillées dans le métro et les rues de Paris. Comme pour les départs en colonie : les rires, les pleurs, l'excitation, puis les mains que l'on agite, le cœur serré...

L'autocar prenait de la vitesse, et la dernière chose dont j'avais conscience, chaque année, c'était d'un tunnel du bout du monde éclairé par une infinité de lumières orangées se reflétant sur de la faïence blanche. J'ai retrouvé ce souterrain de mon enfance bien plus tard, au volant de ma première voiture. Il passe à moins d'un kilomètre de chez moi, sous la porte de la Villette.

J'étais là, endormi sur la banquette, et ma mère m'a tapé sur l'épaule, pour me réveiller afin de laisser passer ma sœur qui avait envie d'aller aux toilettes. Elles se sont levées et ont disparu. J'ai ouvert les yeux sur l'écran. Un homme effrayant, barbe noire, casque et métal, obligeait un cheval à se dresser devant nous. Partout des hommes fuyaient en hurlant. Derrière cette apparition infernale, les lumières des incendies jetaient des ombres sur les gens rassemblés dans la salle. Des flammes gigantesques s'élevaient jusqu'au clocher d'une église. Le ciel se couvrait de nuages qui peu à peu enveloppaient les croix, les faisant disparaître. Une musique désaccordée m'obligeait à serrer les poings. Je me recroquevillai sur mon siège, la tête baissée incapable de supporter une image de plus de ce film d'horreur que j'identifiai, adolescent, comme étant *Alexandre Nevski.*

J'ai vu des centaines d'autres films après celui-ci, avant de voir mon deuxième film... J'avais une dizaine d'années et je passais les fins de semaine avec mon père. Il habitait une chambre vide dont les fenêtres ouvraient sur la place de la Caserne, à Saint-Denis. Ensemble, question ciné, on allait au

Bretagne, au Normandie, on poussait quelquefois jusqu'au Globe de Stains. Pour le vélo c'était le circuit du Barrage, la boxe à Wagram, mais ce qu'il aimait par-dessus tout, c'était les chevaux, en nocturne. Je passais mes soirées sur les pelouses du Tremblay, d'Auteuil, de Longchamp, à courir après lui qui courait après ses favoris... On rentrait par le car, gagnants et tocards, et ils se retrouvaient à trois ou quatre dans un petit troquet de la rue Gabriel-Péri pour boire un dernier verre avant d'affronter la nuit. J'évoluais, la tête au niveau du comptoir en aspirant ma limonade et en grignotant mes cacahuètes salées. Il y avait une télé en noir et blanc perchée en coin, près du plafond. On entendait rien, les voix, celles du bar et du meuble, résonnaient, se brouillaient. Ne restaient que des images sans importance. J'étais là, un soir, le nez en l'air, quand soudain un homme entouré d'ombre s'est approché d'une silhouette appuyée à un réverbère. L'horloge, au-dessus, avait perdu ses aiguilles. Quand le premier homme a touché le second (pour lui demander l'heure ?), celui-ci s'est écroulé, mort. A ce moment un corbillard en folie traîné par des chevaux noirs a fait irruption sur l'écran, dévalant la rue dans un bruit assourdissant. La voiture a basculé et un cercueil a glissé jusqu'au premier plan. Il s'est immobilisé puis le couvercle a remué, s'est entrebâillé... Une main s'est dressée vers le ciel...

Je me suis détourné et j'ai saisi la veste de mon père. Il s'est baissé vers moi en souriant.

– Qu'est-ce que t'as ?

J'ai montré la télé, mais la vision d'horreur qui

nourrirait des années de cauchemars avait disparu, remplacée par la perruque bouclée d'un Darry Cowl, le crâne lisse d'un Tchernia. Il a passé sa main dans mes cheveux et je me suis serré contre lui.

Il est mort sans avoir vu *Les Fraises sauvages.*

Les gestes perdus

C'était un quartier de petites rues, une île ensoleillée au milieu des vergers. Les cités ont poussé à la place des poiriers, des pommiers, des cerisiers. Les éclosions n'intéressent plus que les jardins. La rouille a soudé les volets du café des *Trois Marches,* l'épicerie-buvette de la mère Rose s'est transformée en simple pavillon, les murs du *Comptoir français* sont à vendre. Quelques familles d'ouvriers espagnols, portugais ou algériens se sont installées dans les maisons laissées libres par des ouvriers français partis en retraite, ou plus loin encore. Leurs enfants, les marelles, les jeux de piste qu'ils tracent sur le bitume des trottoirs nous ressemblent étrangement.

La barrière et la porte du 47 ont été refaites, une peinture beige recouvre le vert sombre, sur le bois, le vert sombre de tous mes souvenirs. Le garage au toit goudronné n'est plus qu'un tas de débris au pied du mur qui nous séparait du jardin de la mère Paul, à l'endroit exact où poussait le muguet d'Ory-la-Ville, transplanté et apprivoisé. Une planche porte encore les traces gravées d'une cible, aux fléchettes.

Les nouveaux propriétaires ont gardé la vieille buanderie, pour la durée des travaux de réhabilitation. L'établi est encore là, sous la poussière, posé sur deux traverses de chemin de fer.

Le grand-père se réfugiait ici, loin des cris des marmots, des mouvements du ménage et de la lessive, des allées et venues dans la cuisine. Je le regardais passer ses doigts sur les rainures du bois, évaluant le fil, la résistance, les sinuosités. Il le portait devant ses yeux, à la pleine lumière, avant de le coincer entre les mâchoires de bois de l'étau. Il serrait doucement, pour ne pas mordre la pièce, puis choisissait sur le tableau l'outil qui aurait l'honneur du premier travail. Ses mains glissaient sur les dents des scies, frôlaient les lames des rabots, évaluaient l'affûtage des ciseaux pour se refermer sur une varlope. Les copeaux se tortillaient sous la lame acérée et le petite cube de bois fondait peu à peu pour se métamorphoser en locomotive, en voiture, en bateau, en avion... Après c'était au tour des râpes, des gouges, des tarières, du vilebrequin qui ajoutaient ici la marque d'un hublot, là celle d'une aile, d'une portière, d'une cheminée. Il me tendait ce jouet unique le soir, avant de dormir, et je faisais le tour du monde, sans billet.

J'ai longtemps cru que lorsqu'il enfourchait son vélo, au matin, la casquette aplatie sur le crâne, la gamelle calée dans la sacoche, c'était pour aller fabriquer d'autres jouets de bois, pour d'autres enfants. Je crois même qu'ils me rendaient jaloux.

En fait, il terminait son parcours d'ouvrier-ébéniste chez Hotchkiss, dans un atelier de tôlerie pour véhicules blindés où la précision de son œil était appréciée. Il ne reste de ce temps secret, de ce temps clos, qu'une photo au cadrage maladroit : une verrière, un sol de béton envahi par les machines, de la ferraille et, au premier plan, un groupe d'ouvriers souriants, fiers, le poing levé.

La route longe le canal à grand gabarit. Un train de péniches remonte vers la Belgique, livraison faite, et leurs ventres gonflés glissent sur les eaux noires. La façade ondulée de l'aciérie, comme un immense rectangle de ciel au bleu délavé, barre le paysage. Michel gare sa mobylette près de la cantine, puis ses pas résonnent sur l'escalier de fer. Il se change devant les vestiaires alignés comme pour la parade. Il contourne le château d'eau et son crénelage de forteresse. Les flashes des coulées illuminent les poutrelles du train universel. Il a dansé la moitié de la nuit, pour fêter le 14-Juillet, et doit se forcer à garder les yeux bien ouverts. Deux ouvriers, les traits masqués par les lunettes, le foulard, le corps protégé par un long tablier de cuir, aiguillent les longs serpents de métal incandescent vers les laminoirs. L'acier aveugle progresse sans bruit. Il arrive quelquefois qu'il sorte du rail. Il faut alors tout abandonner et courir se réfugier derrière les boucliers blindés. Le serpent de feu prend de la vitesse, attiré par le déplacement d'air de celui qui, la seconde précédente, le guidait avec les gestes de l'habitude.

Il lui arrive d'être le plus rapide, et la coutume veut que l'on enterre la victime avec un fragment de la flèche qui l'a atteinte.

Michel s'est installé aux commandes de sa benne. Il avance sur les rails et vient se placer sous le cul du haut fourneau. Il ne peut retenir un frisson d'angoisse quand le poids du métal liquide qui se déverse dans la poche, juste au-dessus de sa tête, fait trembler son siège. Dans deux minutes, tout sera fini, il lui suffira de rouler sur cent mètres et de déverser sa cargaison infernale dans le bac.

La première flammèche tombe sur le capot, puis une autre, une autre encore... Bientôt ce sont des litres, des kilos de matière en fusion qui coulent sur les parois de son tracteur. Son poing écrase l'avertisseur, mais son beuglement dérisoire se perd dans le vacarme du train universel. La chaleur a subitement atteint cinquante degrés dans la cabine. Il se déshabille entièrement, pisse sur ses vêtements pour essayer de lutter contre cette angoisse de brûler vif, cogne de toutes ses forces contre les épaisses vitres de son cercueil. On le voit enfin... Il faudra plus d'une heure pour dessouder la portière, la débarrasser de la gangue pétrifiée. Le type, là-haut, avait eu un coup de fatigue. Une minute d'inattention.

Mes souvenirs du travail appartiennent à ces deux mondes, vivent de ces deux univers apparemment inconciliables. La beauté nostalgique de l'ouvrier-artisan créant l'harmonie. La violence guerrière de ces usines où les hommes, au petit matin, revêtent leur armure et partent en sections constituées à l'assaut de la matière.

Restent en force les gestes qui, mis bout à bout à la manière d'un zapping en noir et blanc, forment la geste d'un monde ancré dans nos mémoires : la main d'un mécanicien sur le rivetage d'une Pacific, le doigt accusateur de Rose Zehner lors d'une grève, chez Citroën, le ciseau formé par l'index et le majeur pour coincer la gauloise de la pause, le pincement d'ongle de la fileuse sur le fil de nylon cassé, le mouchoir blanc recueillant les larmes de la femme, après l'accident, les doigts crispés du marin sur l'épaule de sa fiancée, l'homme-canon lové dans une conduite de gaz pour en vérifier les soudures, le tampon d'ouate lustrant l'inox des casseroles, les jambes ballantes du charpentier de New York casse-croûtant sur le toit du monde, le cul sur une poutrelle...

Des gestes par millions inscrits dans le regard perdu d'un mineur silicosé de quarante-sept ans.

Un regard d'après les camps.

Un regard d'avant le sida.

Un regard qui pèse des siècles.

Un regard photographié par Willy Ronis.

Un regard qui vous fixe depuis la couverture de ce livre.

DU MÊME AUTEUR

Aux Éditions Gallimard

Dans la collection Série Noire

MEURTRES POUR MÉMOIRE, n° 1945/Folio n° 1955. Grand Prix de la Littérature policière 1984. Prix Paul-Vaillant-Couturier 1984.

LE GÉANT INACHEVÉ, n° 1956. Prix 813 du roman noir 1984 (Folio n° 2503).

LE DER DES DERS n° 1986. (Folio n° 2692)

MÉTROPOLICE, n° 2009.

LE BOURREAU ET SON DOUBLE, n° 2061.

LUMIÈRE NOIRE, n° 2109 (Folio n° 2530).

Dans la collection Page Blanche

À LOUER SANS COMMISSION

Aux Éditions Denoël

LA MORT N'OUBLIE PERSONNE, Folio n° 2167.

LE FACTEUR FATAL, Folio n° 2396. Prix Populiste, 1992.

ZAPPING, Folio n° 2558. Prix Louis-Guilloux, 1993.

EN MARGE

UN CHÂTEAU EN BOHÊME

Aux Éditions Verdier

AUTRES LIEUX

MAIN COURANTE

LES FIGURANTS

Aux Éditions du Masque

MORT AU PREMIER TOUR (épuisé)

Aux Éditions de l'Instant

NON-LIEUX (épuisé)

Aux Éditions Syros/Souris Noire

LA FÊTE DES MÈRES
LE CHAT DE TIGALI

Aux Éditions Folie d'Encre

QUARTIER DU GLOBE (épuisé)

Aux Éditions Manya

PLAY-BACK, Folio n° 2635. Prix Mystère de la Critique, 1987.

Aux Éditions Julliard

HORS LIMITES

Aux Éditions de la Farandole

LE PAPILLON DE TOUTES LES COULEURS, Prix Alphonse-Daudet, 1994.

Composé et achevé d'imprimer
par la Société Nouvelle Firmin-Didot
à Mesnil-sur-l'Estrée, le 23 octobre 1995.
Dépôt légal : octobre 1995.
Numéro d'imprimeur : 31905
ISBN 2-07-039380-1/Imprimé en France

72503